玉岭的叹息

[日] 陈舜臣 — 著　姚巧梅 — 译

广西师范大学出版社·桂林

玉岭的叹息

陳舜臣

ⓒ Chin Shun Shin 1992

Simplified Chinese Edition ⓒ Guangxi Normal University Press 2009

简体中文翻译版权由创译通达(北京)咨询服务有限公司独家授权代理。

著作权合同登记图字:20－2009－213 号

图书在版编目(CIP)数据

玉岭的叹息/(日)陈舜臣著;姚巧梅译.—桂林:
广西师范大学出版社,2010.1
ISBN 978－7－5633－9260－5

Ⅰ.玉… Ⅱ.①陈…②姚… Ⅲ.推理小说－日本－现代
Ⅳ.I313.45

中国版本图书馆 CIP 数据核字(2009)第 220769 号

广西师范大学出版社出版发行

$\Big($ 桂林市中华路 22 号 邮政编码:541001
网址:www.bbtpress.com $\Big)$

出版人:何林夏
全国新华书店经销
发行热线:010－64284815
山东人民印刷厂印刷
(山东省莱芜市嬴牟西大街 28 号 邮政编码:271100)
开本:880mm×1 230mm 1/32
印张:7 字数:80 千字
2010 年 1 月第 1 版 2010 年 1 月第 1 次印刷
印数:00 001～10 000 定价:22.00 元

如发现印装质量问题,影响阅读,请与印刷厂联系调换。

陈舜臣所获主要奖项

1961 年 8 月　　　《枯草之根》获第 7 届江户川乱步奖

1968 年　　　　　获《半日会》神户市民奖

1969 年 1 月　　　《青玉狮子香炉》获第 60 届直木文学奖

1970 年 3 月　　　《重见玉岭》和《孔雀之路》获昭和四十五年度日本
　　　　　　　　　推理作家协会奖

1971 年 10 月　　 《实录·鸦片战争》获第 25 届每日出版文化奖

1975 年 10 月　　 获神户市民文化奖

1976 年 9 月　　　《敦煌之旅》获第 3 届大佛次郎奖

1983 年 10 月　　 《叛旗——小说李自成》(与陈谦臣共译) 获第 20 届
　　　　　　　　　翻译文化奖

1985 年 2 月　　　获第 36 届广播文化奖

1989 年 2 月　　　《茶事遍路》获第 40 届读卖文学奖 (随笔·游记奖)

1992 年 3 月　　　《诸葛孔明》获第 26 届吉川英治文学奖

1993 年 1 月　　　获第 63 届朝日奖 (创作以中国和日本历史为背景
　　　　　　　　　的文学作品, 对日本文化做出重要贡献)

1993 年 3 月　　　获第 51 届日本艺术院奖

1995 年 11 月　　 获第 3 届井上靖文化奖

1996 年 10 月　　 获大阪艺术奖

1998 年 11 月　　 获三等瑞宝勋章

致中国大陆读者

　　从我 1961 年发表推理小说处女作《枯草之根》至今，已经过去将近五十年了。回首往昔，当初正是以推理小说初登文坛，开始从事我十分喜爱并带给我无数快乐的写作生涯。因此，推理小说对于我自己而言，是一个十分重要并具有纪念性质的写作领域。多数中国大陆读者对我作品的认识与了解，恐怕大多来自历史小说与散文、随笔，因此欣闻自己的推理小说《青玉狮子香炉》、《重见玉岭》（此次更名为《玉岭的叹息》）、《方壶园》（合并至《青玉狮子香炉》）将在大陆出版，让读者有机会接触我最重要的写作领域，深感十分荣幸与高兴。谢谢！

陈舜臣

2009 年 12 月 20 日

代 序
陈舜臣的推理小说

新保博久

我在陈舜臣推理小说经典选集《焚画于火》的解说中曾提到，与当下诸多文学奖项林立的态势不同，以前推理作家能荣获的殊荣只有三项：江户川乱步奖、直木奖以及日本推理作家协会奖。而长久以来一人全部囊括的作家只有陈舜臣，所以"三冠王"就成了他的美称。最近高桥克彦、桐野夏生以及东野圭吾也加入到了这个行列中，但陈舜臣的"三冠王"具有这些后生作家身上所没有的特征。乱步奖是面向公众征稿的推理小说新人奖，一般而言获奖的作品基本上都是作家初登文坛的处女作，接下来大多数人都会按部就班先后获得推理作家协会奖和直木奖（如果不局限在推理小说范围内的话，现在一般的获奖路线是：吉川英治文学新人奖→山本周五郎奖→直木奖→柴田炼三郎奖→吉川英治文学奖。当然这个路线中的每个阶段并不一定都要逐一遵循）。作家一般都会凭乱步奖和协会奖，先在推理小说领域内确立其地位，再通过影响更大的直木奖（最初推理小说总体而言处于劣势），在文坛上获得更加广泛的认可。而我们看看陈氏，1961年以《枯草之根》初登文坛即荣获江户川乱步奖，1969年凭借《青玉狮子香炉》（在此次出版中与《方壶园》合并）夺得直木奖，第二年凭借《重见玉岭》（经作者同意，此次在中国大陆出版，更名为《玉岭的叹息》）与《孔雀之路》荣获日本推理作家协会奖。这样的路线不同于后生作家们，其顺序是先后颠倒的。也就是说在成为推理作家之前，他已经成了跨越小说类型的作家，独领风骚。

我不想多说诸如"这足以证明陈氏初期推理作品在文学方面也非常优秀"之类的话，只是事实恰巧如此而已。不过，这正是因为陈氏没有过分囿于推理小说，而对所有作品一视同仁，无不倾注了满腔热情。因此，他独特的获奖路线可说是偶然中的必然。

事实上，自从1963年短篇集《方壶园》（1962年）被提名入围推理作家协会奖（获奖作品是土屋隆夫的《影子的告发》）以来，先后于1967年凭借《焚画于火》与《崩溃的影子》（获奖作品是三好彻的《风尘地带》）、1969年凭借《浑浊的航迹》与短篇集《红莲亭的狂女》等屡获协会奖提名（1969年获得直木奖）；1968年由于前一年全身心投入到巨著《鸦片战争》的写作中，因此没有写出入围的推理小说（即使是这样，仍发表了十多篇中短篇推理作品）。在1969年遴选协会奖获奖作品时，《重见玉岭》已经发行，虽然所有评审委员（荒正人、城昌幸、多岐川恭、角田喜久雄，松本清张缺席）一致支持该作品，但由于发行年份的关系，只能顺延到第二年，于是当年陈舜臣没能获得协会奖。到了1970年，他凭《重见玉岭》和《孔雀之路》第四次获得提名，最终两部作品双双荣获第二十三届协会奖。如果在头两次入围时就获奖的话，就能够遵循乱步奖→协会奖→直木奖这一标准的路线了。

《重见玉岭》和《孔雀之路》同获殊荣是因为，这两部作品在质量上都表现出很高的水准。尽管如此，不免给人留下一种两部作品分享一奖的印象。现在看来，也许《重见玉岭》单独获奖会更好一些。《孔雀之路》讲述的是日英混血的主人公为查访父母的秘密回到日本，遇到了杀人事件，在无意中弄清了过去事件的真相。该作品无疑是一部佳作，只是在陈氏的悬疑长篇中有一半以上都能达到这一水平。评委城昌幸认为，《孔雀之路》和《重见玉岭》"难分伯仲"，而替代多岐川先生和角田先生成为评选委员的岛田一男和中岛河太郎分别表示，"就读物而言，《重见玉岭》的格调更高，而从推理小说的标准来看，《孔雀之路》的设定更胜一筹"，"《重见玉岭》甜美而感伤，且行文凝练，感觉很好"。最后决定将大奖颁给这两部作品。

中岛先生之所以评价"行文凝练，感觉很好"，是因为《重见玉岭》是在中篇《玉岭第三峰》（《大众读物》1967年7月号）基础上改编而成的长篇。《玉岭第三峰》是陈氏在写作

《鸦片战争》的同时发表的一篇小说，所以在时间方面总归受到了一定的限制。作者本人也曾在初版后记中透露："我在为杂志写稿子时，直到最后还耿耿于怀，总想应该更深入一些，写成一部长篇。此次，在德间书店的鼓励下，我终于实现了多年的夙愿，解决了一桩悬案，对于作者来说，个中喜悦不言而喻。"《Sunday每日》1977年10月9日号刊出特别调查栏目"推理小说家推举的三部推理小说"，请各推理作家从海外作品、日本作品以及本人作品中各选一部，当时陈氏选推了乔治·西默农的麦格雷系列（无指定作品）、松本清张的《零的焦点》，本人的作品则是《重见玉岭》。据说这是陈氏非常眷恋的素材，以至于将作为中短篇发表的作品重新改写成了长篇。这在陈氏的创作中是绝无仅有的。

　　这并不只是作者自己的迷恋，但凡不怀偏见地将两部作品对比阅读过的，我想大多数人都会给长篇版投票。由于《玉岭第三峰》仅在杂志上刊载过，一般不易看到，不过长篇中添加的内容主要是战争场面。中日战争爆发后，入江在前往玉岭的途中被游击队俘虏，偷听到卧龙与映翔对话的场面，以及入江从丹岳回来的途中再次遭受游击队袭击的场面等，在中篇版里是看不到的。对战火的描写场面与其说是为了提高作品的娱乐性，不如说是为了细腻地刻画战争的背景，为入江逐渐认同游击队的心路历程起到增强说服力的效果。正因为有了这些铺垫，读者也就更容易理解入江最初的动机——"入江被玉岭摩崖佛的稚拙所吸引,其实就是想超越形式的框架,追求个人的自由表现。也许正是因为处于被战争所封闭的时代,所以更想追求那样的自由。"在入江暗中苦恋映翔的部分,中篇版差不多只是着墨于因美貌而引发的一见钟情,在长篇版中由于增加了篇幅,使读者更容易将感情投射到故事之中。同时当入江铤而走险时,读者也就能理解其心情。既然是这样,为何结局不是有情人终成眷属呢?二十五年后,当入江再次踏访中国时,其缘由才真相大白,从而为作品创作了绚丽的结尾。事实上将爱情作为推理的题材,曾是推理小说史上的禁忌,而在这部作品中,恋爱、犯罪以及背景(时代与风景)浑然一体,爱情升华为神秘的罗曼史,芳香扑鼻——这种评价并不夸张。

除了这部作品之外,我们同时还收录了同样以中国为背景的、浪漫气息飘逸的四部短篇小说。这些作品是按背景时代的先后顺序依次排序的,所以如果将标题的长篇小说放到最后阅读,你就可以穿梭在时间旅程中,纵览从古代中国到第二次世界大战结束的那段历史。

凭借《枯草之根》初试啼声之后,第二年作者又发表了《方壶园》(《小说中央公论》1962年7月刊)和《九雷溪》(同年10月刊)。当短篇集《方壶园》被提名推理作家协会奖入围作品的时候,松本清张赞不绝口,说:"文章写得实在巧妙,宛如在看芥川（龙之介）笔下的中国作品。"虽然该作品写的是一个密室故事，故事里的技巧本身也没有什么特别的，但杀人动机非常有趣，并且起烘托作用的装饰物和氛围都有着无法形容的妙趣。将作者本人创作的汉诗假托剧中人物所作并穿插在小说中，这种趣味也有着相应的力量。作者在这方面所下的工夫一直延续到《重见玉岭》之中。

《蝴蝶之阵》（《小说现代》1971年1月刊）、《第四位香妃》（《小说新潮》1983年10月刊）可归为作者的中期作品，而后者按陈氏推理小说时代的划分则属于后期。如果依照陈氏所言，"我的时代划分方法是，鸦片战争以前为'古代'，之后为'近代'"（中央公论新社刊《陈舜臣中国历史短篇集一》后记，2000年1月），那么只有《九雷溪》是其近代作品，其他三篇就都要列入古代作品了。每当写到近现代，尤其是中日战争的时候，"作者无论如何都无法使自己成为局外人，但总想摆脱这种束缚，恨不得随时跳出来作一番解释"（《陈舜臣中国历史短篇集二》后记，2000年2月）。而在古代篇《蝴蝶之阵》和《第四位香妃》中，都是先让作者登场，讲述一段考证。这部分不仅没有影响读者阅读，更像电视上希区柯克剧场开始由导演本人出来进行一番介绍一样，邀请读者走进那个不太熟悉的世界。《蝴蝶之阵》中提到日寇隐匿的财宝是否真的存在，名侦探陶展文要探个究竟，收录在本选集已发行的《枯草之根》中的文章《王直的财宝》（在《蝴蝶之阵》中写成"汪直"）讲述的就是这段故事。如果两部故事一起阅读，相信更能加深兴趣。

《九雷溪》中的史铁峰，据说是以现实中的革命家瞿秋白（1899—1935）为原型。他曾是中国共产党的一位大人物，被国民党政府俘虏，后来被枪决。《九雷溪》的故事当然是虚构的，也不属于纯粹的密室故事。不过即使里面的杀人圈套有些牵强，犯人不可能在那样的情境下得逞，读者依然会被那种非杀不可的心情所打动。陈氏曾向稻畑耕一郎透露过部分小说的写作方法："历史小说相信一定会有很多种写法，我认为最好是让自己融入到那个时代和历史中去。所以需要设定一个虚构人物。也许这个人就是我的化身，也可能是我所向往的人物，或者是我认为不应该变成的那种人。"（集英社刊《陈舜臣中国书库二·鸦片战争（后）》本人作品的周边，2000年7月）接近于实录的作品也是如此，那么通过彻底虚构的方法，也能够接近历史真相。在地理位置上，中国并不是一个遥远的国度，而读这本书让我们跨越时空领略了时隔千年以上的遥远时代——毋庸置疑，这就是读书的快乐所在。

（本文作者为日本推理小说评论家，著有《推理百货店》、《名侦探登场》等书。）

1...

担任翻译的青年，用手扶着铅灰色的镜框，问道：

"入江先生，您为什么想去玉岭那种地方？"

"想再去看看那里的摩崖佛。很久以前，我曾经详细地调查过。"入江章介回答。

"据我们调查的结果，在我国，玉岭的佛像也就算三四流，并不很有名。我能知道您非去不可的理由吗？"

翻译说的语速很慢，顿挫清晰，显然十分在意对方能否理解。

"那里的佛像，与云冈、龙门的石佛一样，不是靠当时统治者的权力和财力凿刻的，而是没有任何背景的老百姓，一锤一锤在岩石上雕刻出来的。我对这一点极感兴趣，可能的话，想再重新评估。"

一边回答，入江发现自己的语调不知何时被年轻翻译的日语感染了。不仅语调，连刚才所说没有任何背景的百姓等理由，也是刻意附和这个国家国情的说法。

年轻翻译将入江的话转给旁边年约四十岁的官员。入江懂中国话，知道翻译得很正确。

入江所提出希望访问的地点名单就摊开放在桌上。官员点了几次头后，拿起红色铅笔，将"玉岭"两个字圈起来。

批准了。

名单上约半数的地点因不合时宜去而被取消了。因为正值"红卫兵"大串联的高峰，会有很多麻烦。入江一行人的视察团原本计划从北京乘火车到上海，但后来改乘飞机。

其实，玉岭并没有值得特别一提的名胜和绝景，交通也相当不方便。摩崖佛出自外行人之手，是很稚拙的作品，恐怕不曾有外国访客去过。入江曾暗自揣度，看了名单的官员一定觉得奇怪，可能很快会被删掉。

获得批准一事令他大感意外。

看着红色圈印，入江觉得自己开始动摇了。前往玉岭，需要有心理准备，而他万万没有料到会被允许，所以尚未做好安排。

年轻翻译又用手扶扶镜框，说道：

"团体考察的最后两天，因为所学领域不同，想看的地点也不一样，大家得分头进行。从这里出发到玉岭要半天以上的时间，会有人陪老师去。说不定是不懂日语的人，请多包涵，反正老师的中国话挺好的。"

"嗯，无所谓。"入江答道。

访问中国视察团由S县的八名大学教授组成，入江章介是其中一员。他专攻中国美术史，战争期间曾在中国待过两年。

"最后两天……"

回房间途中，入江如此自言自语。

如果到了玉岭，似乎就会有一种怦然心跳的冲动感，千万要克制住。

这样想着，入江一头倒在床上，闭上了眼睛。

"已经五十岁了，难道自己的体内还残留着一触即发的热情吗？"

像是自问，但忐忑不安的情绪并没有消失。

两天的上海考察很普通。参观的地方是外来客人常去的，对方的招待也十分老练。

到处都是红卫兵，气氛显得热气腾腾。研究政治学的教授们，为了掌握眼前激烈动荡时期的政治社会情况，都紧张地睁大眼睛忙得不亦乐乎。而入江对此情此景却没有丝毫兴趣。

到玉岭去——这个念头占据了入江的脑海。无论参观工厂、革命博物馆，或朗读毛主席语录，他都心不在焉。

第二天晚上，担任翻译的青年带了一名男子到饭店见入江。

"这位是周扶景先生，周先生正好明天要去玉岭。"

周扶景和入江一样年纪，瘦瘦黑黑的，看起来相当精悍。

"请多关照。"

周扶景说道，微微低了一下头。

没什么表情，不再多说。是个话不多、不擅应酬的男子。

如果不是年轻翻译趁机说明前往玉岭的路线，场面恐怕就撑不住了。

想到半天以上的汽车旅行，要和这个难以接近的男人度过，入江心里觉得不太舒服。但是，总比跟唠叨的男人同行强。事实上，入江清楚得很，和实现前往玉岭的愿望相比，同行者是谁的问题太微不足道了。

"再见！"

年轻翻译话音未落，周扶景唐突地伸出手表示要道别。

入江连忙伸手回握。

那是一只有力的厚掌。

转身走向房门时，周扶景的表情微露变化，嘴角似乎有点儿往上翘。

是欲言又止，还是微笑？入江看不出来。

想到明天即将出发，入江竟有些后悔把"玉岭"两个字写进名单里。

"可是不能不去，嗯，是玉岭在呼唤我……"入江自言自语。

二十五年前的玉岭，在入江的脑海里苏醒。奇怪的是，轮廓的线条模糊不清，山的形状也不清晰。

这是理所当然的，因为深镌在入江内心的并不是风景。

那一晚辗转难眠。

分明做了梦，醒来时竟忘记梦的内容是什么。身体像被手指死死掐住，无力抵抗地被摇动那样，感觉很奇特的梦。

只记得梦见了当天初识的周扶景，但怎么都想不起他在梦中扮演什么角色。或许毫无意义，只是突然出现而已。

"就像是来偷窥我的梦似的。"入江心想。

梦里的情形虽忘了，但他内心的秘密一定混杂在梦里。如果是这样的话，那么被窥探可就不妙了。

周扶景在道别时那微翘的嘴角，倒有些像偷窥别人梦境的男人暗自露出的讥讽嘲笑。

入江初次听到有关玉岭的故事，是战争期间在北京的时候。

来自上海的中国拓本师，把在玉岭拓印的摩崖佛拓本带到研究室，要求入江代为考证制作年代。

入江当时为研究中国美术史而滞留北京。战争时期，如果没有特别冠冕堂皇的口实，研究学问是不被允许的。

　　——为促进日华亲善，从美术的领域研究日本与中国的文化交流……

入江就是靠这一赞美辞藻被派往北京的。

入江虽是刚刚入行的学者，但秉持的取向与其说是研究学问，不如说更倾向追求美的事物。

对当时一般公认佛像美的起源来自希腊的说法，入江很不以为然。于是下定决心，一旦和平时代到来，回国后他将潜心研究民间的佛像。

所以，拓本师带来的那五张玉岭摩崖佛的面部图，深深吸引了入江。

雕刻方法很拙劣，一眼就知道并非出自职业工匠之手。眼睛仅两个点，鼻子是一条纵线，嘴巴则是一根横棒。

佛身和脸相比，不是太短就是过长，完全忽视了对称性。
毫无希腊的痕迹。

"这儿居然有民间的佛像！"

入江看了后，忍不住怦然心跳。

"玉岭的摩崖佛就只有这些？"他问道。

"不，不，还多着呢，数不清。有拓本容不下的大佛，也有很小的。"拓本师回答。

入江向拓本师刨根问底地询问有关玉岭的情况，知道了以下事情——

玉岭包括由岩石形成的山峦，东西共有五座，附近的人称其为"玉岭五峰"。从东边起为第一峰、第二峰……分别以数字命名。

第四峰又称"番瓜岩"，有很多细细的皱褶。其余的山峰则像被巨人的斧头砍过一样，表面平整，远看过去仿佛直立的黑板，让人想在上头写字。

第四峰以外各山峰的岩面，雕刻着许多佛像，从身长二三十厘米小到数十米大的都有，杂然林立，简直像用凿子随意写上似的。最初可能是从人身高度可及处开始雕刻，慢慢地空间没有了，才使用脚架逐步往上刻。

由于历史悠久，究竟什么时代雕刻的，连当地人都不知道。传说约从齐代到梁代一百年间持续雕成……

听了这段话，入江更想早些见识玉岭的面目了。

当时的他，对于匀称的东西充满极大的敌意。

那似乎是一种属于青春的反抗。

所谓战争状态，入江认为就是将一切都封闭在既定框架中，让人透不过气的时代。与这个框架相似的、因这个框架所联想到的，以及因这个框架而构建的、被公式化的东西，将这一切统统摧毁，一直是入江内心深藏的一个愿望。

对于古雅稚拙的渴望与憧憬，即是这种心理的一种扭曲吧。

无法忍受一直待在同一个地方，可以说也是源自相同的精神状态。

入江想暂时离开北京的念头，和对玉岭的向往不谋而合。

巧合的是，入江所属的研究机关那年预算有结余。

一起工作的某研究员早先预定的学术调查旅行，因应征入伍被迫取消。

入江得知后立刻提出前往玉岭的申请。

——如果传说属实，玉岭的摩崖佛将是五至六世纪的作品，也许可追溯其与日本推古佛之间的关系。

这是入江申请时附上的理由。

要知道，那是个做任何事都需要辩白或借口的时代。

2...

　　当时，入江才二十多岁，从北京到上海的铁路旅行还累不倒他。

　　抵达上海后，听说了玉岭一带的治安不怎么稳定。

　　在靠近玉岭的一个叫瑞店庄的村落，驻守着日本军守备队的一支小队，其他附近几个地方也有少数士兵驻防。那一带的守备队，有时会派遣约一支分队的联络队到上海，要是能和他们同行去玉岭是最安全不过了。

　　但是，入江很急。

　　因为上峰只允许他在玉岭待一个月，所以必须尽早抵达。

　　根据日军军方报道部的消息，最近游击队的活动相当频繁。

　　二十五年后再次来到这里才知道，路程只需半天，而当年因为中途无法通车，必须要停留一晚才行。

如果骑脚踏车，早晨出发的话，或许半夜就能到也说不定。

入江抵上海的第二天，很快就搞到一辆脚踏车，将它装进军用卡车后便起程出发。

"要小心，不能通车的那段路很危险。"

报道部的特约人员担心地嘱咐。

"听天由命吧！"入江回答。

他不觉得游击队有什么可怕，心想，反正不是去打仗。

"年轻人有活力当然很好，但又不是分秒必争的急事，再等个几天怎样？"

"可是，联络队不知道什么时候才来？"

"军事机密，不能说得那么清楚，但一星期内应该会到吧！"

"一星期？等不了那么久。"

到玉岭有四分之一行程可搭乘卡车，由于这一段是日军的主要补给线，戒备森严，很安全。

在前往玉岭的岔路上，入江卸下脚踏车。开卡车的士兵是高等工业学校毕业的知识分子，他在道别时提醒入江：

"这里是卧龙的势力范围，小心点儿！"

据士兵说，在这一带活动的游击队队长的事，曾被某外国杂志报道过。为侦察敌情他经常出没在日本军的占领区，但没有人知道他的长相，因为采访时不能拍他的照片。

那篇报道给了他"卧龙"的封号，而同伴们也都乐于如此称呼他。或许有点夸大其词，但据说是个神出鬼没、豪胆无敌、有教养、英语说得很好的神秘人物。

"知道了，我会留心。"

入江虽这么回答，但心想，如此有魅力的卧龙，还真想见他一面呢！

应该说入江认识的人当中，这类不为世俗所囿、极富魅力的人物太少了。

长江（扬子江）南岸——江南之地正是春天。

桃花处处绽放，看似幽静的田园风景，不知何时会与游击队不期而遇。

尽管是日本军控制下的地区，但所谓控制区域也仅限于点与线。眼前一望无际、尚未插秧的田地，就是脱离了点与线的"面"。

入江所走的这条凹凸不平的乡间小路，即是容易遭受来自"面"的攻击而崩溃的纤纤细线。

普通脚踏车经常爆胎，所以他特意选择了无需打气、用极厚橡皮圈镶进车轮的那种不会爆胎的脚踏车。可是，车轮虽不致爆胎，但过于坚硬无弹性的轮胎，骑起来实在不怎么舒服。

果然在颠簸路上骑一会儿，屁股就疼不堪言了。

入江在路旁的柳树下停车，稍事歇息。点上烟，突然看到柳树干上贴着一张标语，写道："最后胜利不待龟卜。"

最后的胜利无需卜卦不言自明。这绝不是日本军或南京的汪精卫伪政权所提倡的口号。

标语左角署名"第三战区忠义救国军"。

抗战期间，中国部队和日军的主要战场共分第一到第九战区，加上鲁苏、冀察、豫鲁苏皖三个边地战区，总计有十二个战区。这一带属于顾祝同将军担任司令官的第三战区，司令部设在福建省的建阳。

忠义救国军隶属第三战区，走既非正规军亦非游击队的中间路线，简称"忠救军"，因从事的军事活动令人闻风丧胆。

入江因略有耳闻，看到标语，精神也跟着紧张起来。

柳树下有草丛，他坐了下来，把烟圈吐向天空。

沐浴在暖洋洋的阳光下，微徐的春风吹散了烟圈。

"原是这么的和平，可是……"他想起了战争。

学生时代因肺病，征兵体检时他被诊断为丙种体格，但因局势恶化，仍随时有可能被征调到战场。没准什么时候就要踏上血肉与钢铁相互倾轧的战场了——此时，他要好好享受眼前这难得的瞬间。

把抽完的烟屁股掐灭在草丛的同时，他感觉到背后有人。

一回头，只见五个男人正从田埂走向入江身旁的道路。

入江条件反射似的站了起来，摆出防御的架势。

最前头的男子穿着一条宽松的藏青色裤子，灰色立领上衣的扣子解开着，头发几乎全白。入江松了口气，心想：

"是这附近的百姓吧，年纪太大不会是游击队。"

对方似乎也意识到入江的惊恐，不安而疑惑地回过头来。最后面那个和前头的男子相比，显得年轻得多，穿着随便，猛一看，很像租地耕作的佃农。

老人向同伴耳语，然后，穿短裤的光头男子走到入江面前，问道：

"打哪儿来的？让我看看良民证。"

一口浓厚的乡音，连会中国话的入江也好不容易才听懂。

当时，日本军和汪精卫伪政权合作进行所谓的"清乡工作"。

清乡——清理乡里，听起来煞有介事，其实是为了铲除占领区内的抗日分子，建立安全的地带。

只守住点与线还不够，计划中将扩及整个面。

但是，要做到维持占领地区整体的"面"谈何容易，所以选择了长江下游三角洲为特定地区。

"清乡"工作包括：搜查各家各户，严格核查户口并登记，发放"良民证"，再封锁该地区，使之不得与游击地区接触，没有"良民证"的人立刻逮捕。

入江出示口袋里的身份证给光头男人看。

"不是这玩意儿，良民证！良民证！"

光头男人粗声粗气地说。

入江不是中国人，没有良民证。就连能证明自己是研究所职员的那张纸，也和光头男人所持的证件形状十分不同。

入江感到困惑，只好将从上海带来的介绍信连同信封拿出来。信是寄给驻守瑞店庄的守备队长，信封上写着"三宅少尉殿"。

对方也不知该如何处理，一时手足无措起来。不识字的光头男人，只好将入江的信件拿给老人看。

"喔，日本大人呀……"

老人瞄了一下信件，连忙堆起笑脸，很恭敬地将信交还入江。然后，从口袋拿出自己的良民证给入江看。

"你好，我姓刘。"老人用笨拙的日语说道，"三宅先生是我的朋友。"

嫌麻烦，入江改用中国话问：

"到瑞店庄还有多远？"

"中国话说得真好。"老人睁大眼睛，说了句奉承话。"还有一段路哩。不嫌弃的话，到我家坐坐吧，很近，今天有庙会呢！"

"嗯……"入江从刚才就觉得口干，正想喝杯茶，"那就让我喝口茶吧。"

"喔，请别客气，是我的荣幸……不过，请稍等片刻，我还有工作要办。"

老人转身喷着吐沫星跟背后的男人不知说了什么，操着这地方独特的方言，入江完全听不懂内容。

老人用手指指柳树，身后的男子便弯腰走近柳树，小心地将贴在树干的标语撕下。

"上面传话下来，看到这玩意儿就得马上撕下。"老人解释说。

老人的家虽在附近，走起来还真有段距离，但正好是去玉岭的方向，不算绕远路。

看样子老人是地方上的财主，宅院在那一带算是最大的，呈"冂"字形，灰色砖壁显得很堂皇。

进门就是院子，入江被领进左边的屋子。

从这里，隔着院子看得见对面的房间。农村比较开放，门都不关，对面房间聚集了许多人。刚才听说有庙会，所以才会聚集在这里。

入江被领进的房间像是不久前有人待过，屋里乱七八糟。

"请等会儿，马上就叫人送茶来！"

说完，老人退回到里屋去了。

接替老人的是个年约十五六岁圆脸的女孩，"对不起，我来整理房间。"

视线相遇，入江感到女孩儿的眼里有敌意。

她收拾起房间角落桌上散乱的纸。

入江不经心地望向那里，看到刚才贴在柳树上写着"最后胜利不待龟卜"的标语，数量很多，有一百张以上。

"嘿，这么多！"

入江站起来，探身瞄了一眼。

还有写着其他文句的标语——

　　　　誓以铁血收复失地，
　　　　彻底抗战驱除倭寇。

统统是抗日标语。标语一角有的被撕破，有的有变了色的浆糊痕迹，可能都是从哪儿没收来的。女孩儿并不理会入江，好像很忙的样子胡乱收拾着，看得出是故意的。

"这些要怎么处理？"入江问道。

女孩儿停下手，带着怒气答道：

"要卖的！"

"要卖？卖给谁？"

女孩儿没答话。

"日本兵吗？"

女孩儿默不作声，摇了摇头。

"南京来的？"

虽自觉唠叨，入江还是问了。提到南京方面的人，大抵是指投靠日本的中国人。

女孩儿很干脆、清楚地回答说：

"对了，要卖给从南京来的谢世育。"

"特地从南京来买呀？真了不得！"

"他人就在这里，那男人，在玉岭。"

女孩儿嘟着嘴说道。

看得出来，对于拿撕下的宣传抗日标语换取报酬这件事，女孩子很明显是站在责难的立场。

因为年轻，大概还不懂得在日本人面前掩饰感情。也可能见对方是日本人，所以有意说话尖酸。如果是这样，那倒是个勇敢的女孩儿。

"能卖多少钱？"

"不知道。"

女孩儿把下巴往前一伸说道。

入江想逗逗她，说：

"好买卖哩，反正不需要成本。"

"才不呢，根本赚不了钱。"

女孩儿气呼呼地回答。

"为什么？"

"忠救军会来收钱的。"

说着，女孩儿抱起那一叠标语，小跑着离开了房间。

原来如此……

对于民众生活在动乱之地的痛苦，入江多少也能理解。

在日军占领区，民众倘若不恭顺，不愿意协助的话，自身的安全就会受到威胁。如果不撕掉粘贴的抗日宣传标语，村长等长辈们就会受到严厉的叱责。

但是，这里又是忠义救国军和游击部队相互渗透、拉锯的地方，撕掉标语也会有麻烦。

真是进退两难。

所以，其中一定有什么交易。

——不把你贴的标语撕掉，我会挨骂，对不起了，还得撕。但另一方面……

算啦，干脆付钱吧！

也许汪伪政权派来的那个名叫谢世育的男子，或多或少会给些报酬。但这里的主人们交给忠义军的金额，说不定远远超过了得到的报酬。

想着想着，入江的心情不禁沉重起来。

茶终于端来了。这次，是一个上年纪的女佣。

"刚才的小姑娘呢？"入江问道。

"哦，那是太太的侄女。"

女佣小心地回答。

"哦，她留在家帮忙家务？"

"不，不是的，大部分时间在学校。"

"很有趣的小姑娘哩，想再跟她聊聊。"

"是，我去叫她。"

"会不会不方便？"

入江后悔自己不够客气。

这在北京时也感觉到了，日本人说什么，一些老百姓不怎么敢忤逆。

虽说了不必勉强，但女佣还是急忙走出去喊小姑娘。

入江喝了茶，正在抽烟，主人走进房来，说：

"没招呼您很抱歉，因为庙会的关系，来了很多人。再喝杯茶好吗？"

老人堆满笑容，不停地哈着腰。

在笑脸和殷勤的言谈举止之外，似乎隐藏着什么。日本人谈论中国人时常说，这是表里各异，单从外表是看不出内心想什么的，绝不能大意。入江从很多同事那里听到过类似的言论。但话又说回来，当你以征服者的姿态君临他人面前时，又有谁能对你坦诚相见呢？

"真的不用了，谢谢，我得上路啦。"入江说道。

"再坐一会儿。到了玉岭，请代我向三宅大人问声好，多谢他的关照。"

这家主人和三宅有什么样的接触并不清楚，说是受到关照，搞不好讲的是反话。

入江心想，如果对方是在作表面功夫，自己也只好应酬几句了。

"遇到队长，我一定传达。"

这时，女佣走了进来，提心吊胆地说：

"对不起，我找了，但那孩子不知到哪儿去了，家里都找过了……"

"没关系，没关系！"

入江挥挥手。

"怎么回事？"老人问道。

"啊，没什么。"入江笑着说，装得若无其事。"想问问大小姐这附近学校的事。既然她不在，没关系，反正这事到玉岭后也能问。"

入江想告辞，但几次都被老人挽留下来。在这种时候，为尊重对方的面子，即使留个十分钟，也算尽到礼仪了。

这样想着，入江重新坐定。这次，换了另外一个女佣端了汤圆进来。

"祭拜用的供品，请尝尝。"

老人劝入江吃汤圆。

这么一来，很难再推辞了。入江吃着汤圆，老人在旁说道：

"到了玉岭，能看到有趣的东西——一种叫'点朱'的仪式。"

"点朱？"

"你去了就知道，是十年才举行一次的仪式,请不要错过。"

吃完汤圆，入江站了起来，说：

"没想到打扰这么久，真得走了，不然抵达玉岭恐怕都半夜啰！"

"是吗，那就不再挽留了。"

老人一副惋惜的模样。

入江正要举步走向门口，院子里突然一阵骚动，传来尖锐的叫声。

一个年轻男人赤脚从院子跑了过来，上气不接下气地说道：

"被包围了。是游击队！"

"啊？"老人脸色大变，"前几天不是才谈妥的吗？不该这么快就来的……"

"说是因为来了个日本人，要求把日本人交出来……"

"这怎么成。快，快躲起来！"

老人抓起入江的手腕。

入江把那手甩开，说道：

"承蒙关照，还给您带来麻烦，不能躲！"

这并不是出于勇气的关系。

数十名头上裹着布的精壮青年已冲进庭院，怒气冲冲地瞪视着房间。

来不及逃了。

一个拿着来复枪的男人走了出来，很威严地说道：

"日本人在吧？把日本人交出来！"

"我就是那个日本人。"

入江走向他们。

院子里的一伙人很快左右站开，然后把入江包围了起来。他高举双手，表示无意对抗。

包围圈逐渐缩小，入江的两只手腕被抓住。拿来复枪的男人单手把挂在腰间的绳索解开，走近入江。入江正想看清那个男人，却突然眼前一黑，眼睛被布条蒙住了。

3...

捆绑的绳子紧掐进皮肤，入江从疼痛中感觉到对方的敌意。

身子悬空了起来，知道自己被抬着。

"喂，大个儿刘，那辆脚踏车和行李都由你负责。"

这声音大得震耳。

"谁让你往这儿带日本人了！"

紧跟着训斥声响起。

"不，是对方自己找来的。又不能赶他走。"

老人惊慌失措地辩解。

"胡说，明明是你带来的。"

对话声越来越远。抬着入江的一伙人开始小跑起来。

过了一会儿，他被放在硬板子上，然后被塞进一辆运货板车里。

虽然身处危境，但入江还没失去判断处境的冷静，甚至有些过于乐观地想："不至于被枪杀，可能是当作人质。蒙住眼睛是不希望路线被识破，所以，应该会被释放吧。"

也说不定是太过乐观了。

车轮发出令人不舒服的嘎吱声。由于摇晃得厉害，入江的后脑勺和背骨不时地撞击着挡板。

不知过了多久，车轮声停止，入江再度被抬了出来。

又过了一会儿被卸下来，解开眼罩后，才知道自己已躺在一张床上。

是中国式的床，只在板上铺了张草席，硬得很。

"怎样？很痛吧，路不好，没法子。"

盘腿坐在床前一张木制长椅的男子搭着话，是刚才那个持来复枪的男人。

眼罩突然被解开，眼前一片亮晃晃的。虽在屋里，但门大开着，阳光泻了一屋，入江觉得刺眼。

"他们好像知道我懂中国话。"

一面暗想，入江一面盯着对方的脸看。

在老人的家时没来得及细看，如今正面一瞧，发现那男人大眼睛闪闪发亮，但小嘴巴显得相当稚气，年纪约在二十岁上下。

性格像坐不住似的，盘着的膝盖不停晃动，也许是胆小吧，问话时不看入江的脸：

"到这种地方来做啥？"

"我是学者，为了研究玉岭的摩崖佛来的。"

入江回答。

"从刚才没收的身份证明就知道了，我问你是真是假？"

"真的！"

"有证据吗？"

"没那玩意儿。如果连身份证都不相信，那也没办法啊！"

"是不是为清乡工作来的？"

"清乡工作？我还不够资格呢。"

入江如此回答，并试图挪动身体。但是，绳子紧掐住手腕痛得很，他皱了下眉头。

"喂，小汤，来一下！"

不知哪里传来一声呼叫。

房间里没其他人，再仔细一看，房间前面有个用砖砌成的、像阳台的地方，柱子后方则露出了半张藤制躺椅。

躺椅上，看得见人的下半身。穿着土黄色长裤，蓝色帆布鞋鞋尖朝上。有人躺在那里。

"是！"

姓汤的年轻人应声走了过去。躺椅上的人像是头目，低声在下什么命令似的，颇费了些时间。

小汤转身折回后，把入江的身体翻转过来，手伸向绑绳的结。

"没绑这么紧呀……"

一面说着，小汤一面把绳子解开。

"怎样，舒服多了吧？"

小汤微笑着，随即又回到长椅，盘起腿来。

入江的手脚恢复自由，撑起上身，两手划桨似的移向床边坐着，鞋底终于踩到地面。

小汤看看手里拿着的纸条，又转而端详入江的脸，问道：

"什么学校毕业？"

那纸条上一定写着躺椅上男人教给他的提问吧。

"日本的K大学。"

"专攻什么？"

"美术史，特别是中国和日本的。"

"当时指导教授的名字呢？"

小汤小心翼翼地问。

"饭岛先生。"

"北京C大学的美术老师呢？"

"蔡伯让先生，这人很清楚我的事，不妨打电报问问看。"

"住嘴！"说完，小汤看了一下纸条。"嗯，还有，最早研究大同石佛寺的中国人是谁？"

"陈垣，他在《东方杂志》上发表过《记大同武州山石窟寺》的论文。二十五年前的事了，应该是中国最早的吧。"

小汤回过头去，有意从躺椅上男人的反应确定答案是否正确。看样子是通过了，小汤接着问下一个问题：

"大同石佛寺第十九窟的别名是什么？"

"应该是白耶传洞。"

入江的话音未落，躺椅上的男人说道：

"可以了，到此为止。"

"怎么处理这男人？"

小汤大摇大摆地晃动膝盖，问道。

"带到后面房间。"

"是！"应声后，小汤转向入江，催促着："站起来。"

走出房间时，入江望向躺椅，但没看到躺着的男人的脸。因为仰躺着的脸上用一本书盖着。

路过时，入江瞄了一下书名：*Asia and American Isolationism*——亚洲与美国的孤立主义。

还是横写的洋文……

这时掠过入江脑海的是这地区游击队队长，那个会说英语的"卧龙"。

可能就是这个男人。

入江被小汤强行带进一个很靠后的房间，里头空荡荡地只摆了一张床。

"暂时待在这儿吧。"

小汤说完便走出房间。传来房门上锁的声音。

被幽禁了。

房间很大，光线微暗，墙上只有个小窗。窗户没玻璃，安装着铁条，简直就像关犯人用的牢房，逃不出去。

没被绑着，还算是差强人意。从铁窗望出去，看得见庭院一角。说是庭院，其实就是农家院，院子即晒谷场。甭说什么花坛了，根本就是一块连草都不长的灰色空地。

一部脚踏车横倒在那里。一看就知道，是入江的不爆胎脚踏车。但绑在后座的旅行袋不见了，可能在检查吧。袋里除了几本和美术有关的书、笔记本、换洗的内衣裤以外，还有当作午饭的便当。

想到便当，入江感到肚子饿了。

看看手表，已过了中午十二点。

入江躺在床上。心想，接着不知会发生什么事，总之，先别无谓地消耗体力和精力了，等待时机吧。

"静下来吧，别胡思乱想。"

如此想着，他闭起了眼睛。

前夜失眠，也许睡眠不足反倒变成好事。眼皮渐渐沉重起来，终于睡着了。

被开门声吵醒时已是下午两点钟，足足睡了两个小时。开门的是小汤。

但是，他没进房间。把一只绿色包袱放在地板后，什么也没说走了出去，关起门，上了锁。

包袱里装的是入江自己带来的便当。

要是平时，趁工作空档发个呆什么的，一定很舒服，入江也喜欢。可是，在不安的环境中只能傻傻地待着，实在是一种煎熬。

尽可能对眼前发生的事视若无睹，但这种伪装不知何时就会被"接下来会怎样"的恐怖念头所替代，怎么都挥不去。

这顿便当，与其说为了填饱肚子，不如说在这段时间或能忘却恐怖和不安，这是值得庆幸的事。

入江有生以来从没有像现在这样"拼命"地吃便当。

时间似乎很漫长。

入江泄气地倒在床上，大约过了三十分钟仍无法平心静气。满腹焦虑地跳起来，在房间里不停地转圈儿，从小窗口窥伺庭院。

只见灰色的庭院里，建筑物的影子逐渐扩大。

"这么做也不是办法，只会更疲倦。"

自我安慰着，又回到床上。入江重复了几次这个举动。

记不清第几次回到床上时，听到从庭院传来有人说话的声音。

入江从床上起身，走到小窗向外望。他希望注意力被任何事物吸引，只要能远离不安的情绪。

监禁他的房间虽在一楼，但屋内地面比屋外要高很多。所以，小窗的位置正好在眼睛的高度，从里望外，恰好呈俯视的角度。

进入入江视线的是两个人影。由于光线的关系，两人看起来像剪影，高个子那人的脚觉得有些眼熟。

蓝色帆布鞋，长裤的颜色像极了土黄色——不正是躺椅上的那个人吗?

另一个人也穿着长裤，但个儿小，从发型知道是女性。

"你是不是想躲谢世育？不会是为了逃避问题吧？"

男人说道。

"才不是呢，"女人的语气很认真。"从没想过逃，那家伙有什么好怕的。"

"你啊，这就说谎了，那男人可是个厉害角色呢！不过那又怎么样，反正有我们在。"

声音虽低，但四周静悄悄的，风向正好，听得很清楚。

入江之所以听得懂，主要是他们用普通话交谈，而不是那地方特有的方言。而且，除了听出两人都受过相当教育之外，他们的家乡也不相同。

"不是那回事。"女人说道，"你看了最近省委会的会议报告没有？"

"看啦。"

"那份报告分析了最后胜利已日渐临近，在太平洋方面，日军节节败退。"

"针对时局的分析虽然正确，但是咱们千万不能掉以轻心。"

"不过，提醒大家别作无谓的牺牲，我也赞成。"

"无谓？咱们的努力能说无谓吗？"

"不是这意思，我指的是，今后面临的已不是丢失一个城池就一定要夺回来的问题了。"

"寸土的得失，并不影响大局……确实是这么写着。"

"一味地战斗，并没有战略的价值。换句话说，从现在开始，我们已不是局部的游击队，应该参与更大更高层的政治斗争。"

"我不是不理解。可是，放弃好不容易建立的组织……"

"我能体会你难以割舍的心情。但是，我觉得依恋那些为了前进而必须舍弃的东西，老实说，未免太感情用事了。"

"我再考虑考虑。去重庆的联络站还在，要去的话随时都可以去。"

"我得走了，在关键时刻让谢世育起了疑心可就糟了。"

"说得也是。对了，抓到一个要去玉岭的日本人。"

说着，男人像要转过身来。

入江条件反射地离开窗户，蹲了下来。

"应该是关在那房间。"

男人继续说着。

似乎没发现入江在窗边竖耳听着。

"什么样的人？"

"要研究摩崖佛的学者啦。总之，不像是清乡的工作人员。"

　　"打算怎么处理他？"

　　"学问无国界。明天就释放他。"

　　"如果感觉不对，那就关到我们前往重庆时吧。要不然，在玉岭碰到讨厌的日本人，也没啥意思。"

　　男人有一会儿默不作声。

　　入江屏住呼吸，等待自己的命运如何被决定。

　　两人像是在商量不如放弃战略意义减弱的游击队活动，前往重庆参加政治活动。另外，也听出女人就住在玉岭附近。

　　不知他们何时才会前往重庆，一直被困在这里实在很难忍受。入江宝贵的一个月稍纵即逝。

　　终于听到男人像宣告什么似的声音。

　　"感觉并不讨厌，反倒是让人有好感的青年。"

　　"那就好……"

　　"最好在玉岭能和你碰面。战争时期，不得不憎恨敌人，但和平很快就到来了。那时必须学会与对方友好相处。唉，就当作一次练习吧。不过，太亲密友好的话，我可得担心了……"

　　"什么话嘛！"

传来的声音像是女人在暴捶男人的后背。

"走吧。"

男人说道。

脚步声远了。

入江松了口气。

总而言之，知道自己明天会被释放。

他重新躺回床上，使劲儿把手脚大大地张开。

"那男人一定是卧龙！"

他面朝天花板，自言自语。

为了测试入江是不是真的美术史学者，在短时间内想出来的问题，竟挺专业的哩。这一点，让入江非常惊讶。

如果是冒牌美术史学者，恐怕面对那些提问早就露出马脚了。

"卧龙果真名不虚传啊！"

他想。

4...

翌日，果不其然，入江被释放了。

吃完送来的早餐，再度倒向床时，小汤走了进来。

"转过头去。"小汤边笑边说。

入江转身向后，小汤以敏捷的动作用黑布蒙住他的眼睛，然后抓起入江的手腕：

"走吧，别摔跤了。"

两人走了出去。

离开房间时，小汤亲切地说道：

"从这里开始是楼梯，小心慢点儿下。"

像是走到庭院的外面时，不是小汤的声音，有人说：

"到了玉岭后，请好好做研究，我们现在没闲工夫照看什么佛的。"

“会的，我会尽量做好。”

入江回答。

是昨天那个男人的声音。

不知是谁从后面两手插进入江的腋下，将他抱了起来，另一个男人抬起他的脚。

“把你放到脚踏车的后座。”

是小汤的声音。

入江被抬到脚踏车后座。

“抓好前面，旅行袋就挂在车把上，你不用担心。”

小汤的声音很爽快。

脚踏车开始踩动了，走了一段难走的路，好几次差点儿被摔下去。终于到了稍微平坦的路，但不一会儿路面又凹凸得厉害。感觉不像昨天运货板车通过的路。

大概走了半小时吧，车子停住，感觉出坐在前面的小汤下了车，车体大大地倾斜。单脚踩到地面，入江从后座下来了。

“从这儿直走就是瑞店庄，那里是玉岭的山脚。嗯，就在这儿分手了，数到一百后，自己把布解下。知道了吧。”

小汤在入江的肩上重捶了一下，说了声“再见！”然后快步跑走。

入江照实开始数——小汤的脚步声已听不见了。

数到一百，入江解开蒙眼布。

身旁是桃树，他就站在桃花下。

被黑布蒙住的眼睛突然触到早晨的阳光，入江眨了好几次眼。

"哈哈哈……"

传出笑声，小汤从桃树后面出现了。

"啊……是你呀！"

入江说道。

"是啊。想想我逃什么劲儿呀，这可不是我的性格，所以才又悄悄回来。走吧，快！"

小汤说着，望了望桃树的树干，树干上贴着标语——抗日战争必胜！

署名和昨天的一样，是第三战区忠义救国军。

小汤吧嗒吧嗒地咋咋舌，把传单扯下，撕破后随手一扔。

"那不是你们的传单吗？为什么乱撕？"

入江问道。

"我们不是救国军，别混淆了。这些家伙做的是相互勾结的生意，不像话！没有这些标语，大家也都知道抗日战争必胜。"

小汤恼恨地说。

卧龙所属的游击队虽和救国军同属抗日阵营，但未必友好。

入江把蒙眼布交了出去，说：

"这个，还给你们。"

"你还真诚实，果然如我们头儿所说，不是坏人。"

接过蒙眼布，小汤笑了，调皮地睁开一只眼看着入江。

入江跨上脚踏车，在乡村小路飞驰而去。

瑞店庄的日军守备队就驻扎在逃往后方避难空无一人的地主家大宅院中。

因为事先有联系，他们知道入江到来的消息。虽然延迟抵达，却不见有人担心。原来，他们只听说最近要来，却不知道准确日期。

入江没有透露遭遇游击队被监禁一天的事。

读了介绍信后，三宅少尉说道：

"才一个月，我们会尽量照应你的。"

抵达当日，入江因三宅少尉的关照，见到了村长。

"有没有人清楚玉岭的事？"入江问村长。

"嗯……村子里见闻广的人，就只有李东功先生了。"

村长回答。

"能不能麻烦那个人带我去？"

村长想了一会儿后说道：

"那个人闲是闲着，嗯……不知道愿不愿意。"

村长的语气和表情显示出李东功是个难缠的家伙。

但守备队长既然开口了，村长总不能不帮点儿忙吧。他只好结巴地说：

"试试看吧，如果他不愿意，再找别人好了。我们虽然在这里住这么久，但是对佛像的传说什么的，很不好意思，实在不太清楚……"

"那就劳烦您了。"

入江说完，回到守备队的军营。

当晚，他和三宅少尉及其他几名下士官一起吃晚餐。

餐桌上摆满猪肉、上好的鸡肉和鱼等。

三宅少尉环视四周后说道：

"在乡下没什么好东西，今晚是你的欢迎会，所以算是特别丰盛。平时可不能这么吃。"

"是。"入江低头致谢。

晚餐喝的是绍兴酒系列并不浓烈的当地土酒。酒比他预料中的好喝。

三宅少尉看来是酒豪，只见他不停地干杯。醉意朦胧时，这位守备队长隐约透露了真话：

"军队很忙，希望不要太麻烦到军人。""知道了。"入江心想，幸好找了当地中国人带着去看摩崖佛。

"军队是没空和闲人打交道的，希望你别误会了。"

被称作闲人，这让入江顿感恼火。他回答：

"是，我没打算麻烦军队。"

"不过，因为你有上海军司令部的介绍信，也不能完全不理会。就找个值班的士兵陪你好了。"

说得极为露骨。入江清楚地感到三宅少尉的话里带刺。

"不需要什么值班士兵。"

入江说道。

"只要你在这个军营里就得有个值班士兵陪着，如果住外面的话，另当别论。这一带去避难的人家很多，不缺空屋的。"

三宅的话像是要赶他走，入江心想，也许在外面找个睡觉的地方比较妥当。

"要我在这男人身边，恕不奉陪！"

入江内心懊恼极了。

他对三宅少尉毫无好感。瞧不起人的眼神，很令人不悦。而且，视线离开对方的脸时，嘴唇一定要歪斜的样子，让人从生理上就感到厌恶。

第二天早晨，村长派人传话来，说李东功愿意做导游，如果入江不累的话，可以立刻上路。入江随即赶到村委会。

李东功看来有些年纪了，大约六十来岁。

"劳烦您了，请多关照。"

入江低头行礼，而李东功仅微微颔首，脸马上转向一旁。

"被村长他们说服，勉强答应的吧。"

入江这么想。

玉岭五峰就在附近，直到抵达那里之前，李东功一句话也没说。从态度就知道很不情愿做导游。

站在第一个山峰前，李东功首次开口：

"这是第五峰。"

"哦，是吗？"

入江正要走近，李东功却唐突地说道：

"先看第三峰比较好。"

"哦，是吗？"

入江没有拂逆他的意思，径自通过第五峰，步向第三峰。

玉岭诸峰的摩崖佛的确具有令人缅想推古佛的古拙之趣。但是，问题就在于此处的佛像，并不是出自代表那个传说年代[1]水准的工匠或佛师之手。即使在二十世纪的今天，让小学生拿凿子雕刻，恐怕也能创作出类似推古佛那样古典的雕像吧。

玉岭的摩崖佛说不定是新时代的作品呢！

入江带着学者的视角如此观察。因为，第三峰上雕刻的两座玉岭最大的佛像，在技术方面太过娴熟。

按照入江的想象，大概是这样：

当地的信徒为了证明自己的虔诚，正在用并不熟悉的凿子雕刻着拙涩的佛像时，竟巧遇专门的佛师路过。佛师闪过念头——让我来示范吧。于是，两座巨大的佛像完成了。

如果入江推测正确，那么，第三峰的两座佛像将是推算年代的关键。但怎么看都不像是唐朝以前的技术。

"可能是五代或宋代的作品，再早也是唐朝末期的吧。"

入江说道。

"不，那两座是梁代时完成的，连作者的名字都知道。

1　六世纪末至七世纪前半期。——译者注

上面是包选的、下面是石能的作品，他俩都是名门子弟，并不是佛师。"

"是这样吗？"

入江用接近否定的怀疑语气说道。无关个人喜好，只要牵涉到学术问题，就算对方怒不可遏，也不会轻易地表示同意。

第三峰的绝壁高五十米。仔细看的话，会发现那岩石并非直直地矗立地面，而是在约中央部位切断，成为突出的岩棚，即大大地断为两层。

上层与下层各雕刻了一座大佛像，从螺发、肉髻、白毫[1]等看来，知道是释尊像。两尊都是坐像，高度各十米。

相同的大小、相同的释尊像，且在相同的岩面雕刻而成，令人觉得十分神奇。而且，两尊像在技术上极为酷似。

仔细观察后发现，上层的佛像比下层雕得更虔诚，会不会是同一个作者先雕了下层，后来觉得不满意，决定在雕上

---

1 以上皆为如来三十二相之一。螺发，即螺髻，释迦牟尼发髻结为螺形，故名之。肉髻，佛陀头顶有肉团隆起如髻，故称。白毫，佛家传说世尊眉间有白色毫毛，右旋宛转，如日正中，放之则有光明，初生五尺，成道时一丈五尺。——编者注

层时作修正？——入江突发奇想。

提到中国的石佛，多半像云冈或龙门那样，先凿刻石窟再制作佛像。但是，手艺并不精巧的玉岭庶民们，很直接地就在岩面上刻起来。因此，仅以线条表现形状，比较接近绘画而非雕刻。

日本也有很多这种摩崖佛。同样是无名的庶民，将自己的信仰寄情于某种形状，费了许多年月雕刻而成。

在这类稚拙的线条雕出的佛像群中，仅第三峰的两尊表现出众。虽也只有线条，但全身立体感具现。

下层的释尊像不知什么原因，嘴唇涂了朱红色。

"下面那尊佛像涂了口红，为什么？"

入江问李东功。

"十年涂一次朱红，只有那尊佛像。不知从什么时候开始，变成了这一带的例行仪式，叫做'点朱'。"

"点朱？"

入江想起自己曾反问过同样问题。对了，那个老地主曾提到别错过十年一次的仪式，想来指的就是这个"点朱"。当时入江询问是怎么回事，老地主则回答去了就知道。

李东功也做了同样的回答：

"三天后即将举行点朱，你去看就知道了。"

无法得知详情，总之，是在佛像的嘴唇上涂红的仪式。

"很高呀！"

仰望岩面，入江小声说道。即使是下层佛像的嘴唇高度，离地面也有约二十米。

"再高也举行哟。"

"有什么典故吧？"

"有很多说法。如同你看到的，两尊佛像并非上下直接重叠着。下层佛像的上半身向右偏了些，看起来像是被压在上层佛像的臀部下。怎么看都效果不佳，觉得有些可怜，为了弥补，就在唇上涂红。连这种传闻都有，不过，净是胡说八道。"

"真正的说法呢？"

"有资料，放在我家，你不妨看看。"

自从到了摩崖佛以后，原先一点儿也不亲切的李东功，开始热情地说起话来。

"请一定让我看看那份资料！"

入江说道。

5...

　　第五峰的西方，平缓的山脉绵延了约一公里，当地人称那一带为"五峰尾"。瑞店庄即位于五峰尾的末端。但是，五峰尾民家散布，都是临山建立，被称作跨山厝——跨山的房子。

　　据说从前只有家族中有人科举应试合格，才允许建跨山厝。

　　而且，连高度都有规定，举人的房子位置就比秀才的来得高。

　　李东功家里几代之前曾出过进士，所以在邻近五十米内，只有一户和他家差不多高，其余房子皆建在更低的地方。

　　刻在各岩面的佛像，以后再一尊尊仔细观察，比较重要的就拍相片，视情况决定要不要制作拓本。

还会待一段时间，没什么好着急的。因为是第一天，在玉岭五峰大略转了一圈后，回途顺便拜访了李东功的家。

入江被带进宽阔的客厅。不久，一个看起来很朴实的妇人，端出两碗面放在入江和李东功跟前，说道：

"请。现成的东西，请慢用。"

妇人年约五十五六岁，是个长脸优雅的人。

"我太太。"

李东功有点儿嫌麻烦似的介绍。

李东功夫人微笑着退了出去。

"你很老实，是真学者。"

边吃面，李东功说道。

"你本来以为我是假学者吗？"

入江苦笑着问。

"听说你是真学者，但我必须自己确认后才肯相信。"

"得到你的信任了吗？"

"我曾说摩崖佛是梁代的作品，约莫六世纪前半期，而你却没认同，认为是五代以后、十世纪吧。不管别人怎么说，你都坚持自己认为正确的观点，不退让，这是身为学者的态度。"

"说是做学问，但还不成熟，也常会弄错……"

"不，其实我也在怀疑究竟是五代或再晚一世纪？传说毕竟不同于历史的事实，哈哈哈……"

入江初次听到李东功的笑声。

刚开始并不亲切，大概是入江的学者风范，使他态度缓和了吧。

吃完面，又是夫人端茶进来。

房子虽比老地主的还大，但好像没请佣人。

接着闲聊了一阵。

李东功言谈谨慎，却仍察觉得出对日军的占领区政策——特别是清乡工作是不满的。

"这太正常了。"

入江心想。

夫人也坐在一旁微笑着，话很少。

"老实说，投宿军营我觉得有些憋屈，要看队长的脸色不说，还要麻烦到军队。"

入江说道。

"是呀，在军刀和来复枪当中，不适合做学问！"

"对你有个请求，"入江小心翼翼地说道，"不知道什么地方能租到房子？最好还包吃……"

"住到我家来！"

入江话还没说完，李东功就抢先说了。

"这……"

"这里离玉岭近，瑞店庄也在附近，去哪儿都方便。而且，我们家只有老婆、侄女和我三个人住，你都看到了，家里这么宽敞，空房间很多。"

"哦……"

入江不知不觉地喜欢上李东功老人的人品。

"就别再犹豫了，请到我家来吧，多一个人吃饭没什么。"

夫人也在一旁帮腔。

"那，那就不客气了……"

入江决定搬到这里。实在不想过军营生活，主要原因是三宅少尉的性格。

"既然决定了，就赶紧整理行李搬过来，我们马上准备房间。"

李东功似乎是个急性子，一径催促着入江。

"行李只有一个旅行袋和一辆脚踏车。"

"那么，立刻搬过来吧。"

被追赶着似的，入江回到军营取行李。

"哦，住到李东功家去呀？我倒无所谓。不过，你最好小心那老头儿。可能别有用心。"

知道入江要搬走，三宅少尉说着，低声笑了出来。但皮笑肉不笑，让人很不舒服。

三宅少尉最后那句话的确有些蹊跷。起初，入江也不明白有什么意思，一直到行李搬进李家后，才终于恍然大悟。

原来，在南京师范大学就读的侄女，寄宿在伯父李东功家。入江再度被引进客厅时，这次端茶出来的是侄女。

"我弟弟是公务员，在北方工作，我代他照顾他女儿。她今年十九岁，叫映翔。"

李东功笑眯眯地介绍侄女。

映翔轻轻点头，但表情僵硬，眼里很明显地带着戒备的神色。

很美的姑娘。眼睛澄澈，在小麦肤色的脸上，清纯地发着亮光。眉头轻蹙，使她表情的线条更显清晰。那美貌称得上威严可敬。

映翔把茶端到伯父和客人面前后，立刻走了出去。转身从旁看时，知道她嘴唇微微嘟起。入江想起老地主家里那个小姑娘。

喝完茶，李东功带入江到房间。

"这就是你的房间。选了最好的房间，也清扫过了。"

的确是很舒适的房间。即便在中国的农家里，窗户也算相当大的，光线极佳。地板虽有些旧，但铺着绿色地毯，深褐色的大桌子的抽屉周围刻着蔓藤花样，很是豪华。

有顶的睡床，垂着粉红的帘子。

作为男人的寝室太妖艳了吧。咦！说不定这原来是映翔的房间呢！

入江想着，心跳了起来。

"悬楼就在那儿，感觉很舒服的。要不要出去看看？"

李东功说着，朝门的方向走去。

入江跟在他身后。

跨山的房子多半建有悬楼。所谓悬楼，也就是在房子外侧的崖上搭起的木造平台，下面由几根柱子撑着。从支撑柱子的岩石附近看过去，褐色山崖垂直而下。

春天，拂过江南山河的风，已完全含着初夏的气息，非常清爽。五峰尾的绿意令人心旷神怡，眼下稻田的嫩绿，悠然地舒展开来。

"这个季节，在这儿是很让人愉快的。正是"新秧脚下长，微风弄衣裳"，对吧？我一有空就躺在这里看书。"

李东功兴致勃勃地说道。

此时，邻家的悬楼出现人影。

"狗东西！"

李东功的神情立刻现出不悦，大大地啐了一口。

"怎么啦？"入江问道。

"隔壁的家伙。"

"隔壁？"

入江望向隔壁的悬楼，距离太远，看不清楚男人的脸。

"日本军占据这地方之前，隔壁的人家避难去了，是好邻居呢，说是要投靠内地的亲戚。闯进空屋的就是那个从南京来的谢世育。"

"谢世育？"

入江之前已听过两次这名字了。

"三十岁左右，一副驴脸，那家伙。我每天早上在这里躺着时，那男人一定在十点左右走到悬楼，穿着睡衣做早操。我只要看见他，就马上打道回府，觉得恶心讨厌。今天，这时候还恬不知耻地晃出来。我们走吧。"

李东功厌恶得掉头就走。

两人走进屋子，再度回到入江的房间。

映翔在里面，正蹲着打开柜子最下层的抽屉。

"怎么？还没全部收拾好？"

李东功问侄女。

果然是映翔的房间。映翔从抽屉拿出两本书，挟在腋下。

　　"我一见那家伙就火大，"李东功转向入江说道，"名义上是收购稻谷和蔬菜来的，但实际上是给日军提供物资的家伙。只这样也就算了，听说还倒卖各种情报呢。"

　　李东功见到谢世育的恼火似乎还没冷却。

　　"伯伯，别尽说这话了！"

　　映翔以强硬的语气责备伯父，悄悄瞄了入江一眼。

　　伯伯，这人也是日本人呢，别在他面前说这么露骨的话了。

　　话中另有含义。

　　老人也发觉了似的，说：

　　"没什么，入江先生可是学者呢。又不是军人，大可放心啦。而且，我信任他这个人。"

　　然后朝入江点了个头。

　　此时的入江并没看李东功。他不自觉地将视线转向天花板。他的心脏如击鼓般跳动得很厉害，震波遍及全身。

　　是什么令他心悸？

　　是声音。

　　刚才相遇时，映翔没出声。责备伯父的话是入江初次听到映翔的声音。

昨天，从监禁房间的小窗，入江见到站在灰色庭院里的那对男女。但因为是背影，所以没看清他们的脸，只听见声音。

现在，在这房间听见映翔的声音，简直就和昨天那女人的一模一样。

入江大大地吸一口气，终于把想说的话硬吞了进去。

这时，李东功像想起什么似的，说：

"啊，忙着搬家，忘得一干二净。和点朱的传闻有关的资料，马上拿过来。"

不一会儿，李东功拿着一本旧书走了进来。

"这书写得可有趣啦，是清朝初期的书。"

他说着，将那本变黄的书给入江看。是一本三四十页薄薄的书，书皮写着"玉岭故事杂考"。

入江缓慢地读起李东功翻开的那一页。

天监之初，五岩之朱家有佳人。名少凤。幼聪颖，六岁能弹琴。长姿貌，窈窕玲珑，无脂粉气。终日弹琴咏诗，焚香礼佛……

"五岩，指的是玉岭五峰。"

李东功从旁解释。

书里记载的故事如下：

在六世纪初期的天监年间，也是梁武帝治世之年。

朱家的佳人少凤，同时有五岩的名门包家和石家向她提亲。

包家的儿子名叫包选，是定都在建康（南京）时，当朝宰相范云的门生。由于精通道、儒、文、史四学，尤其在史学方面造诣精深，因此是受敕命为编纂《通史》的班底人员之一。

另一方面，石家的儿子石能，师事玄学（道教）大家陶弘景。陶弘景退隐后住在句容的山中，石能是其秘书兼弟子，所学当然都是道教之学。

少凤的双亲非常为难。明知应选择优秀的一方，却总是无从做决断。

家世几乎相当，两人都是英才，怎么考量都难判定未来优劣。

包选为现任宰相的门生；而石能师事的陶弘景目前虽隐居，但每当遇国家重要政策须做决定时，仍是武帝必请示意见的人物，世人称其"山中宰相"。石能近在其侧，谈及未来发展，他未必逊色于包选。

"没办法，让少凤自己选择吧。少凤从小就和他们熟识。"

朱家的老爷要女儿自己做选择。从现代观点来看，算是个宽容的父亲，然而在当日，却被认为没什么责任感。

两位青年的性格相当不同。包选认真，做任何事绝对全力以赴，就是不大通融。至于石能，在刻苦勉励精神方面虽不及包选，但可能因为学玄学，极富艺术家气质，"奇气纵横"，是个才华洋溢的人。

少凤也不知该选谁，非常困扰。

读到这里，入江心想：

"啊，真不愧是菟原少女[1]的中国版。"

菟原少女源自日本征妻求偶传说。双亲提议两个青年中谁射中水鸟就选谁做女婿。但是，两名青年相互较量射箭本领后，一人射中水鸟的头，一人射中尾巴，不知如何是好的女儿最后投江自尽了。

在中国版的玉岭，也是让女孩自行决定。究竟少凤选了何种方法测试？入江继续读下去。

---

1 日本兵库县芦屋市附近曾发生的争妻传说中的人物。——译者注

少凤曰："……请两郎，各岩面雕佛身，示
妾。采相好端严，以此释倒悬……"

所谓"倒悬"，指的是悬吊着的痛苦状态。而为了解脱
这种状态，必须在其中做个选择。始终焚香拜佛信仰心坚定
的朱家佳人少凤，想到的不是竞射水鸟，而是竞雕佛像。

最前面一页到此为止。在翻页时，入江的手微微颤抖。
李东功身旁正坐着映翔。

她之所以没有离座，或许是不放心伯父，怕他又说错什
么。但按理说，对入江应该也感兴趣才对。

入江的双眼游移在木版印刷大字上，但似乎有些徘徊。
他感到映翔的视线强烈炽热地射在他的额头上，眉间宛如要
烧焦似的。

她对入江有基本认识。因为在灰色庭院里，她听那个可
能是卧龙的男人说："是个让人有好感的青年。"她一定是
在用自己的眼睛确认。

用手背擦去额头上的汗，入江将目光投向第二页。

6...

　　清朝初期的作品《玉岭故事杂考》距发生少凤故事的梁代
已有一千年以上。因此，这个故事究竟有无可考证的典籍？
仅是口传，抑或是作者创作的？要调查并不容易。

　　不过，玉岭诸峰许许多多稚拙的摩崖佛，确实出自生
手。就像射箭技术那样，为证实六根清静而雕刻佛像，并非
只有专门的工匠或佛师才能做，完全可以想象此举早已广
为一般民众所效法。

　　如此说来，以雕刻竞赛选女婿的故事，的确是再自然不
过的事了。

　　第二页是从叙述两个青年展开竞赛、选择雕刻场所开
始。结果，在第三峰的同一岩面上，包选挑了上层，石能则
选定下层。

——石能，先雕毕。

极富艺术天分的石能，随兴所至一气呵成即雕完。而慎重的包选，则一步步仔细地雕刻，进度必定慢了许多。

有这样一段：

——包选，雕全姿，剩佛颜。乃一刀三拜，终
成只眼，石能之心骚。

石能可能完成后，在旁观看包选雕刻的本领。

石能在雕佛像时，心想这是一种艺术。因此，他自认脑筋呆板、缺乏纤细审美心境的包选的作品，不可能胜过自己。

"雕刻的过程也许很恭谨，但一定欠缺美感，绝对比不上我。"

话说包选开始雕佛颜。每凿一下都无限虔敬祈祷一次的模样，让石能大为不安。当包选雕完一只眼睛后，石能的不安愈来愈深。

为什么？

热衷道教研究的石能，崇拜佛的心情其实很淡薄。虽说

雕刻佛像，但他一心想的只是如何将美丽的身姿表现出来。

包选是虔诚的佛教信徒。使用凿子的手法也许不灵活，但从他心中迸散出来的令人震撼的信仰力，却透过凿子传达至岩面。

在雕刻躯干衣裳时还不觉得，待完成一只佛眼后，信仰的力量清楚地显现了出来。

甚至可以感到在那佛眼里，已然有种慈悲、充满气魄、包容整个世界的余韵，很难以言语形容。

包选这样的男人，为什么能雕出这样的眼睛？

石能并不愚钝。他意识到这是一种说不出的强大力量借助包选之手而产生的。因此，他赶紧开始着手修改自己的作品。

心情焦虑的石能拼命地挥动着凿子，之前还会小心地避开坚硬的岩面，可此时由于慌乱，还是让凿子出现了缺口。

玉岭诸峰除了皱褶较多的第四峰之外，其余都刻着许多小佛像，第三峰只刻了那两尊，下面还有空间，为什么不利用呢？入江也感到奇怪。可能那两尊佛像刻得太好，没人敢较量。另一种说法是，第三峰的岩石太硬，使外行无从下手。

究竟如何，这是后话了。

恐怕地质学者比美术史家更适合考证此事吧。入江一面想，一面还是用他心爱的海军刀试了一下。因不是专家不敢断言，第三峰的岩质的确比其他山岩还要硬。而且，处处坚硬如钢。入江的海军刀刃也像石能的凿子那样损伤了。

石能疯狂地修改自己的佛像，但怎么改都无效。问题不在于技术，而在于缺乏信仰之心，怎么修改都无法表现佛的慈颜。

他绝望了。

唾手可得的朱家佳人要被包选夺走了。

但是，《玉岭故事杂考》的作者并没有如此解释。同样的绝望，却是别样的记载：

> ……石能恃己之巧致，颇自负所有。然眼前，包选所雕之像更称神巧，掉头动妒心。呻吟一夕，遂除包选之龙，欲己之虎为岩面之霸者。乃独语曰："皆为我虎儿，非朱家佳人之故。"

《玉岭故事杂考》的作者如此简洁地叙述了石能对包选产生杀意的缘由。

石能很珍爱自己所雕的释尊像之美。因此，无法忍受比之更优秀的神像存在于相同岩面。

在书中，他形容自己的作品是虎，包选的作品为龙。龙虎相搏，恐怕他所爱的虎会一败涂地吧。而且，胜败还永久地记录在玉岭第三峰的岩面上。

这是难以忍受的事。

对方的龙尚缺点睛之笔。当时，包选的释尊像只完成了一只眼睛，另一只才雕完眉毛。现在，若不立刻除去龙的话，石能的虎非但无法成为岩面的霸者，而且凄惨的败者之姿还将永远流传后世。无论如何，必须除掉龙的作者——"皆为我虎儿"。

石能的独语极为凄惨，令人不忍卒读。

并非因信仰而雕刻。石能只是以一心贪图唯美的追求者心态在挥动凿子。这样表现出来的美，极易陷入美的绝对，反而忘却美的宽容。

朱家的佳人已不再是个问题，石能欲置包选于死地并非为了得到她，而是出自艺术家因偏爱自身作品而迸发出的一种狭隘之心，因此创造出来的美，也因扭曲而发出阵阵嫉妒的呻吟。两者交互冲击，结果迸发出了火花。

身为美术史家，入江有时也能感受到艺术作品中嫉妒这种东西。石能的心情是可以理解的。

石能开始设想在上层石像未完成时，如何除掉包选。

因为工作的场所在高处，他们使用搭起的木架进行雕刻工作。

三国时代以来烽火不断，搭木架攻城是常用的伎俩。比城墙略高，巨大的木架先在后方阵地装配，然后载着士兵，用车和人力运到城墙正面。另外，也有将木架横摆，等运到城墙时再突然竖起来的方法。

因为必须运载穿着笨重甲胄的士兵，这种攻城用的木架做得极为坚固。但是，玉岭造佛像用的木架只供一个人攀爬，所以结构并没那么牢靠。与其说是木架，不如说是几只不粗的木头撑开后做的立体楼梯。

当时木架的顶部正好及于佛的头部中央，比眼睛稍低一些。

事先在岩面凿有深孔，削好的桩子插入孔中当作踏脚处，再循桩子走到眼睛部位。

但是，姿势若拿捏不好则很难工作。所以，将绳子套在佛头上方凸出的岩石上，再用同一条绳子绑住身子使之安稳。雕佛眼的包选，采用的正是离开木架、身子趴在岩石上的姿势。

木架的脚深插在地底。石能在包选工作时，在木架离地面约八寸的地方动了手脚。

用使惯的凿子砍削木架的脚跟。不完全切掉，还留下一些，感觉还连接着。石能对所有的木架脚施了同样手法。

在高度三十米处，一刀三拜正专注于造佛的包选无暇往下看。而且从高处俯视令人毛骨悚然，他一径对着眼前的岩石，诚心诚意地舞动着凿子。

再说，包选被凿子的声音掩住了听觉，当然听不到远在下方的石能挥凿削脚的声音。

无人的木架如常站立着。但是，只要加上人的重量，那几近黏着一张薄皮的脚立刻折断，木架将会倒下。

一旦工作告一段落，包选沿桩子回到立脚处，将绑在身上的绳子解下，脚移到木架的瞬间，也正是包选的性命终结之时。

削妥木架脚后，石能没命地奔回家，喝起酒来。

再怎么喝都醉不了。

当晚，传来包选的死讯。

由于天色已黑，还不见包选回来，包家的人便来到第三峰，一眼望去，原本耸立的两个木架中，比较高、原属于包选的那个木架不见了。后来发现并非突然消失，而是横倒在地。

家人打着寻人的灯笼，终于照到包选那摔得血肉模糊的尸体。

　　倘若你执意要在故事里找漏洞，可以找到许多。但由于是古代的传说，大可不必如此地吹毛求疵。

　　入江这么想，但李东功身旁的映翔倒气哼哼地攻击起传说来了。

　　"从前的人呀，总将功劳归于个人。那座第三峰的大佛，竟出自一个完全是外行的青年之手，怎么想都觉得奇怪。如果不是集合了很多人的力量，也不可能完成的吧。"

　　她噘着可爱的嘴唇，戳穿传说的不合理性。李东功夫妇因为没有孩子，所以非常疼爱这个侄女。

　　"说的也是。"李老汉只要映翔说什么，就立刻让步。"说不定是石、包两家出大笔资金，雇用许多人雕的呢！时代一久，就真假难辨啦。就像这本书里写的不合情理的地方，也不知什么时候就被人们接受了。"

　　两青年围绕着朱少凤竞雕佛像的情节，不过是书里的一部分而已。《玉岭故事杂考》主要叙述的是梁武帝时代，当地刺史张献平的事迹。

　　正如映翔所不满的那样，这本很早以前写的书，对张献平这位官吏也是极尽夸张之能事，盛赞其圣如神明、治事无私的功绩。

——刺史张公，立举证，捕缚石能。

有关雕佛杀人事件，张献平当下列举证据，断定石能是真凶。

"连我也猜得到，和包选争夺朱少凤的只有石能嘛。除了石能以外，不可能有其他凶手。"映翔说道。

看来她就是不能认可张献平有什么超常之处。

"嗯，从常识的眼光来看，任何人都猜得出来……"李老汉又变得小心翼翼地说道，"不过，这本书提到举出证据，还说是无法推翻的证据……这倒是张献平了不起的地方。"

"在封建时代，要绑个人，需要证据吗？"

即使对方让步也绝不屈服，这正是映翔的性格。

由于张刺史的洞察力而被捕的石能，提出请求：

　　　包选尚未雕毕释尊之只眼、鼻口。请借我以暂时之犹豫。必完选之遗业，然后就法。

他为了自己的"虎儿"，而埋葬了未完成的龙。但是，那条龙已远离包选之手，不再是虎儿的敌手了。石能继续雕刻未完成的龙，心里一定在想，龙已非虎儿之敌，那便是兄弟了。

获张刺史允许，石能继续雕刻包选留下释尊像未完成的脸。等着石能的唯有一死。雕完佛颜之后，他将被带往刑场。

此时，石能是否产生了信仰之心？《玉岭故事杂考》的作者并未着墨。

然而，那佛像确是明知死期之后的雕凿之物，无疑，石能那极度凝缩的灵魂必定托付在他一凿一凿之中。

比起所爱的虎儿，亦即下层的释尊像，继包选之后所雕的上层佛像，也许反而是石能的满意之作。总之，两尊佛像都在他手上完成。已没有任何留恋了。

最后，雕好眉间的白毫，佛像完成时，石能并未走下木架，而是突然纵身斜跳下去。

《玉岭故事杂考》暗示了张刺史曾预想石能会自杀。书中以不露痕迹的手法，让名门子弟不受死刑之辱而选择了自决。

石能为何斜跳？

这也只能想象。大概在斜下方，有他雕刻的全身释尊像，杀害包选亦因热爱这尊像的关系吧。能跪拜在下层佛足旁死去，或许是石能所希望的。

但石能的身体并没有摔到地面。

第三峰的岩石中央有细长的岩棚，将岩石分成上下层。石能头朝下，曾经一度碰撞岩棚，头部在此处碎裂，流了许多血之后，才滚落到地面。

留在岩棚的血，咕嘟地泻了下来。正下面是下层佛像的螺发，雕刻的线条因势导引着血流。

但是，血爬流在脸颊时逐渐变细，失去了淌过横向雕刻的唇线的力量。因此，慢慢流进唇线当中。

如此过了不久，下层的释尊像便嘴唇含血。

"明白了吧。"李东功说道。"十年一次，为下层佛像的嘴涂红的点朱仪式，就是为了追悼石能的自杀和包选不幸的死亡。"

"点朱将在三天后举行，你来得正好，请务必观赏。"

"由映翔来做哩！"

李东功转头看身边的侄女。

"啊，映翔小姐？"

"是的，点朱的仪式，一定由女性来做。可能含有朱家的佳人少凤安慰了为了自己而失去生命的两个男人的意思吧。"

"哦……"

入江看着映翔。

映翔毫不羞涩。

"映翔，没问题吧？"李东功问侄女。

"没什么。"她极有把握地说道。

入江暗自在心里测了一下刚才看到的下层佛像的高度。

从地面到嘴唇约有十五米以上，说不定有二十米。第三峰的岩面下，凸出约五米高的岩石，而下层佛像的莲花座就刻在凸出部略高处。

"挺高的呢！"入江说道。

"是呀。"李东功回答。"走上木架，高度会让人眼花哩，对女性来说，的确很困难。我从小看过五次，一直都由强壮的男人点朱。"

"听说只限女性……"

"爬上木架的男人身后背着婴儿。当然，背的是女婴，采取由男人代替女婴点朱的形式。但是，今年改由真正的女性来做，很获好评哩。有比我年纪大的人，直说打从出生到现在，第一次看真正的女性点朱呢！"

7...

　　已经知道地点，不需要导游了。第二天，入江独自抱着素描簿去了玉岭。

　　旅行袋里虽有相机，但他没带，想先用自己的肉眼观察。眼与心相连。带相机去的话，一定会依赖，那么，心灵和佛像之间的接触就会变得淡薄。

　　当天，除了第三峰两尊巨大佛像外，还素描了几尊约一米高的摩崖佛。

　　虽搬进李东功的家，但入江的身份仍属守备队，必须每天回军营一次。

　　画完素描，他转到了军营去，三宅少尉微笑着说道：

　　"住那儿不错吧。"

　　笑容里宛如有条绳子，一不小心，脚会被那绳子绊倒。

"房子很大，感觉很舒服。"

入江答道。

"这里也不算窄啊。"说着，三宅少尉的神情突然阴霾了起来，"那家主人在日本军来之前，曾做过村长。占领后，他辞职了。部队本部授意他继续当村长，费尽口舌劝他都不肯，借口说是年纪大了。后来被挑选出的村长和他同年呢。前一任队长不死心又再说服，这回，他以身体不好为理由躲掉了，是个不肯合作分子。"

"我倒不觉得他是那种人。"

"是个狡猾的老头儿，抓不到他的尾巴。佯称生病，不愿参加军队出面的活动。可是，这次那第三峰什么的，说是民间仪式，还担任发起人呢。胡扯八道！"

三宅少尉端详着入江的脸说道。

好像言外之意是"怎么样，会不会把这话传给那老头儿？"

"听说是十年一次的仪式，不得已答应的吧。"

入江的话里带着辩解。

三宅少尉呵呵笑了起来，说：

"从南京来的那姑娘也很可疑。说不定和游击队有联系。当然，这是我的猜想，并没有证据……"

三宅少尉的话讲得很含糊，但观察入江的眼睛则直愣愣地闪着光。讲这些话，或许是想测试入江的反应，善意解释的话也可说是忠告。

入江极力掩饰着表情。在游击队队长卧龙那里，听到了她的声音，似乎是队长想要的"证据"。

"怎么会……"

入江故作一副漫不经心旁听的样子，平淡地附和着。

"总归一句话，"三宅少尉视线不离入江，"要注意那儿的一伙人。如果有什么不妥当的言行，请立刻知会，你不也是日本人吗？"

"知道了。"

入江郑重地答道，但随之心情变得很差。

走出军营，他情绪低落地走在瑞店庄镇上。也许卑怯，他尽可能不去想战争近在咫尺的事实。来到这个地方，说不定是个错误的决定。

"你不也是日本人吗？"

三宅少尉的最后一句话，让入江特别气闷。他想起那天素描的摩崖佛——那张脸既非中国人，也不是日本人。两个点的眼睛，一竖一横的鼻子、嘴巴。真想生活在都是这种面孔的世界里。

瑞店庄的街道只有一条。窄小的街道两旁，左右倾颓的屋檐挤成一堆。

这么宽广的地方，为什么街道如此狭窄？

也许正因为大自然辽阔无边，人们才会彼此贴近、互相取暖地一起生活吧。

在老庙旁，有家这镇上也稀罕少有的糕饼店，店面前并排着三张木制长条椅。

这地方有一种梅子做的饼，入江在李东功家吃过，非常合胃口。放眼望去，这家店的货架上也有一些。

喉咙渴了，他想吃梅子饼。

他走进店时，胡子稀疏的男人瞬间表情僵硬了起来。

来这里以前，虽曾被老地主一行误认是中国人，要求出示良民证。其实很容易就能辨识出入江是日本人，不仅从脸和服装，就是走路的方式和气质也能得知。

胡子稀疏的男人似乎一眼就察觉入江是日本人。这种店铺，突然光顾的客人一定很多，而那男人的紧张显然来自没看惯的人。

入江买了梅子饼，坐在最旁边的长条椅上吃了起来。

这时，来了五六个精力充沛的人。其中有人肩扛扁担，担子里是这一带喂猪用的豆饼饲料。

"嘿，老板，让我们歇会儿吧。"

向屋里喊了一声，他们一个个坐到入江对面的长条椅上。

开始在高声说些什么，是一种入江连一半也听不懂的方言。

好不容易才弄清楚，原来是在谈论有关豆饼的行情。

不一会儿，一个穿着蓝色中山服的男人路过。原本毫不客气放声说话的一伙人，登时安静了下来。入江感受到那沉默怀有敌意。

男人个儿挺高，长脸上的眼睛很犀利，微驼的背可能是因为经常窥探什么而造成的。

"老板，还有那种馒头吗？"

男人操着一口连入江都听得懂的普通话问道。

"啊，没有啦。今天明天都为了点朱用的供品忙得很，没法子做其他东西卖。"

胡子稀疏的店老板尽量用接近普通话的语调回答。

"哦。"

那长脸男人声音有些干哑，掉头走了。

谈论豆饼行情的那伙人，目送那男人背影离去后，开始悄悄地在议论什么。

——谢世育。

在偶尔重复的话语里，听得见类似这个人名。

哦，是那男人……

入江顿悟，知道了同是中国人也有被视为异类的人。

他把吃剩的梅子饼放进口袋，站了起来。走在街上，感觉到背后有齐刷刷的视线射过来。

第二天，入江到玉岭，选了三十厘米的小摩崖佛素描。带了卷尺，以同样尺寸画在素描簿上。

那天不用铅笔，用的是从李家借来的砚台与笔墨，选择以毛笔描绘。雕刻摩崖佛的人一定是先用毛笔在岩石上画草稿，然后再用凿子凿刻。为了要体验那些人的心情，入江决定也这么做。但是，只从形式下功夫，仍无法把握当时人们的心情。

回到家，李东功夫人已煮好饭菜，但主人和侄女都不在。

"忙着做点朱的各种安排，预备供品、立木架，上了年纪还这么操心。"

说着，李东功夫人笑了。

"真热心。"

入江说道。

"是呀，"夫人声音放低，"其他没什么可热衷的事了。虽然知道上了年纪不需那么奔忙，可是想想，那倒也是散心的好办法。"

　　入江忽然想起三宅少尉的话。

　　如果真要鸡蛋里挑骨头，这个安分的老妇人说的话确实不妥。那意思不等于是，自从日本军占领之后，值得热衷的事就没了吗？或担任村长，或在日军和当地居民之间做些调和，可做的事多得很，李东功也一定几次被如此劝告过吧。

　　点朱将在明日早晨举行。

　　不仅瑞店庄的人踊跃参加，附近村落也会有很多人前来观赏。

　　十年才一次，大家都不愿错失良机。而且，今年由真正的女性点朱，一定传遍了这一带。为了日后的闲聊话题，值得去瞧上一瞧。

　　入江去看点朱前，先到军营露了一下脸。

　　"很难得一见的仪式呢，你不去看看吗？"

　　入江问三宅少尉。

　　三宅少尉撇了撇嘴，回答说：

　　"可能是谣言，但听说军队去看点朱时，游击队会来偷袭。所以，只派了两个穿便服的士兵去，其余禁足。"

"有这回事儿？"

"我不认为他们有偷袭军营的胆子，不过，点朱的主事者是李东功，由那姑娘负责表演。嗯，还是小心点为妙。"

三宅少尉对李东功的猜疑超出入江想象。他连李东功发起有历史传统的仪式一事，也怀疑可能是为了引诱军队入彀的作为。

入江正想走，被三宅少尉叫住了：

"今天有很多人聚集，身为日本人还是小心点儿好。我找个士兵跟你吧。"

"不需要，没关系的。"

"呵，万一你出了什么事，我这边可得负责任的。"

三宅担心自己的责任更甚于入江的生命。

找了个关西地方出身的长谷川上等兵做入江的跟班。

玉岭第三峰前竖起了木架。下层佛像的嘴部距地面约二十米，加绑了许多梯子，牢牢地固定住木架。

稍有胆力的人都能攀登上去，但是因为岩面的底部凸出，即使爬到木架顶端，探身出去手也够不到佛像的嘴唇。

根据李东功的说明，佛面有许多不明显的孔洞，到处都是，而且都很深。在几个平行的孔中插入圆木头，从木架顶端开始横架圆木头，然后在圆木上再架上板子当踏脚用。点朱的女性就站在踏脚处，给佛像的嘴唇涂红。

木架下面，摆置了十张以上铺着纯白色桌巾的桌子，桌上放满了供品。

染红的馒头、烘烤的鸡鸭、肉丸子、猪肉、炸鲤鱼、海参、鲍鱼、盐渍海蜇皮等，海鲜、火腿、各式水果、糕饼类食品摆得满满的，在那其中有许多红色蜡烛。随处都是斗香，线香丛立，线香的烟气将周遭熏得朦朦胧胧。

戴着五色道冠的道士唱着咒文，穿黄色法衣的和尚开始摇铃诵经。

佛教与道教混合。

也请了乐队，在喧嚣的铜锣声中，流泄出笙、横笛等清凉的乐音。

群众当中一阵嘈杂。

"终于来了！"

李东功向入江耳语。

入江被夹在李东功和长谷川上等兵中间。

鼓乐队走在前面，装饰得极华丽的轿子由四名男子抬着出现了。轿顶涂着绿色与金色，四周粉红色帘子低垂。

"那叫花轿，婚礼时抬新娘用的轿子。"

李东功说道。

"映翔小姐坐在里面？"入江问道。

"是呀！"李东功点头。

这个仪式的起源，是由女性扮成朱家佳人少凤，借以安慰其中有一位将是自己丈夫的两名青年的灵魂。因此，坐在花轿里是有理由的。

红色蜡烛在中国是结婚典礼时使用的东西。会场被线香的烟气团团围住，采取的是婚、葬结合的形式。

轿子在木架前面停住了。穿浓绿道袍的道士揭开帘子，正好面对着坐在嘉宾席的入江。

从帘子后面现身的是新娘装扮的映翔。

她走下轿子，很自然地将覆在脸上婚礼用的盖头巾掀了下来。

她素颜无妆，穿着红色圆领的中国新娘服。

她脱下新娘服，轻巧地跨过飘落在脚下的衣服，赤着脚走向前。

里面穿着火红的上衣和黄色的裤子，很贴身，为了攀登木架方便行动。

绿衣道士不知交给她什么东西。

她罩在肩上，是紫色斗篷。

"以前，曾有过禁止民间穿紫色的时代。但是，在点朱时，圣上特别恩准使用。"李东功说明。

道士递给映翔白色瓷壶。她抱起那只壶。

天气晴朗，强风偶尔刮起。她的脚踏上木架时，恰好有一阵风吹散了线香的烟。

可是，映翔没有犹豫，开始攀登木架的梯子。

木架四处绑着绳子，让攀爬的人当扶手用。映翔右手抱着壶，左手抓着绳子往上爬。

样子十分果敢而飒爽。

湛蓝色的天空高高在上，向着天空攀升的斗篷的紫色、上衣的火红、裤子的黄色——真是一场华丽色彩的飨宴。

她的身姿逐渐变小。每刮一次风，入江的手就出汗。

斗篷随风飘荡，眼看着她就像快被风刮倒似的。

"不披斗篷也可以的。斗篷那东西……很危险的。"

李东功仰望木架，好几次自言自语。他也一直很不放心。

狂风的吹袭、飘扬的斗篷都无法止住映翔的脚步。强风，只更突显她的英姿罢了。

仙女升天。

入江仿佛看到了奇异的幻影。

爬完木架，映翔没有休息，直接走上踏脚用的木板。入江当时听到四周观看者齐声发出的惊叹。

紫、红和黄一起交融在二十米的高度上。在这其间，壶的白色感觉像在飘飘地舞动着。

装在壶里的红色涂料，由于混合大量特殊的树脂，所以即使被风雨侵蚀，也不容易掉色。负责点朱的人，用手抓起涂料，先沿着唇线涂，然后再抹上整个嘴唇。

"还不快点做，别老站在那地方了……"

李东功显得焦虑不安。

但是，映翔涂得很仔细。

完成后，她单手高高地举起壶。

欢声沸腾。

惊人的是，她竟若无其事地俯视地面的群众。

"竟敢做这种危险的举动！"

身旁的李东功忍不住叫出声来。

入江紧闭双眼，吸了两口气再睁开眼时，映翔已开始走下木架。

入江不知为什么噙着眼泪。

她的身影逐渐变大。但是，透过入江的泪眼，只能看到被风吹得翻飞的紫、红与黄，还有小小的白，都有如幻影似的摇动着。

此刻映翔的身影，深深镌刻在入江的心上。

映翔虽然是个美丽的姑娘，但在攀登木架以前，如果说入江只是在心灵的表层觉得她十分可爱，那么点朱时，她开始钻进入江的灵魂里——撬开后钻进去的。

　　入江的灵魂渗血了。撬开后受伤的灵魂将会很疼，一种不是理性或意志力能够克制的疼。他用灵魂铭记了什么叫做颤抖。

8...

二十五年后。在入江的记忆中，只留下她的容貌，玉岭的风景及其他都已淡薄。

明天就要到玉岭去了，种种回想纷纷涌现。他翻了几次身，直到曙光微现，他才终于朦胧睡去。但过不了一会儿，就被电话铃吵醒了。

从听筒传出来的，是年轻翻译熟悉的声音：

"周先生九点半去您那儿，请自己先用早餐，麻烦您了。"

说的话好懂，段落也很清楚。这是告诉躺在床上正在追忆二十五年前往事的入江，此刻五十岁的自己正在上海的饭店迎接早晨。

"知道了，我会先做准备。"

入江回答。

正如预想的那样，一起搭车的周扶景话很少。

"很抱歉，让你陪我一起去玉岭那样偏僻的地方。"

听了入江礼貌的表示后，周扶景答道：

"不，并不是特地的。"他坦言道，"我正好休假，要去比玉岭稍远的地方。不是为了工作却能搭这辆车，是托你的福，帮了大忙。"

"是这样吗？"

入江一面笑，一面看着对方。然而，从周扶景精悍的侧脸却觉察不出一丝笑意。

会话中断了。

过了半小时，这次，周扶景先搭话：

"你想去看玉岭的佛像，不知道你感兴趣的是哪一点？"

虽是老套的问题，但声音带出的诚意表明那不是外交辞令。周扶景是真心想知道。

周扶景虽瘦，身体却有种强韧感。相邻坐在车里，每碰触膝盖等处，入江都能感到对方的强劲。

入江还感受到一股威严的气势，知道不宜马虎回答。一面告诫自己这不是冷淡的对话，一面又把前些天通过口译青年跟官员说的话，更详细地叙述了一遍。

"所以，想再一次认识民众信仰的力量吗？"

周扶景听了入江的说明后，问道。

"倒不完全是信仰。庶民被准许的，或仅有的那点能量，会倾注到哪个方向？而且力度有多大？换句话说，没有宫廷或富豪的保护，朴素的美的艺术，虽谈不上技术纯熟，但应该是源自乡土的孕育。对此，我很想重新评估一下……"

因为许久没使用中文了，入江的中国话语汇非常少，很难针对这个问题作深度的说明。

对于入江结结巴巴的回答，周扶景也觉得有些过意不去，重复地说："知道了，知道了。"

又一阵冗长的沉默。

但是，入江觉得那段时间里，自己正被对方悄悄地观察着。

被批准前往玉岭那种交通不便的地方，让入江感到意外。不过，现在已有新的汽车公路通往瑞店庄了。

"怎样？还不错吧，七年前建好的，坚固得很哟！"

年轻的驾驶员得意地说道。

入江和那个健谈的驾驶员聊了很多。周扶景偶尔也插话，但都很简短。

闲聊中，入江刚说完二十五年前看了玉岭的点朱仪式，周扶景不屑地说道：

"无聊的仪式。现在早已经不举行了，做那么大的木架，真是浪费木材。再说，所谓信仰，在封建时代，还不是为了要让人民盲目服从政治。"

入江想起周扶景是交通方面材料部门的技师。

所处世界不同啊！

入江在心里自言自语。

虽然是个话少不亲切的男子，但入江对周扶景开始有了好感。可能是被对方身上的某种强韧触动了。

望着毫不畏缩、爬上高高木架的映翔，入江眼里涌起的眼泪，也源自对强韧东西的感动。

入江一向只与静止的事物打交道。木像、石像，以及绢和绘在纸上的人物或山水。当然，其中也有强韧的东西。只不过，是必须通过心灵感应的那张滤网才能感受到。

战争期间，入江对强烈的事物反感。因为那代表着土黄色军服及枪剑，所以，他刻意沉潜于静止的事物。

然而，在他刻意抗争的强势或行为当中，也存在着"美"。他在攀登木架的少女身影中寻觅到了。尤其当强韧裹在婀娜优美的身姿时,那种感动更加强烈。

面对映翔燃起的思慕火焰,除此之外别无他由。

在车里,再度和周扶景肩膀相碰。

那种强韧的感觉传递了过来。

虽有好感,但也有抗衡。

"我认为不是这样,"入江说道,"当时,看到身穿紫色斗篷与黄色裤子的少女,毫不畏缩地走上木架,我的感受很深刻。活生生的人,变成一副绝佳的画具,作画般地直描上去,令人感动,非常……"

他操着不流畅的中国话,费劲地陈述自己的意见——为了心底珍藏的映翔。

周扶景的脸上看似浮现一丝笑意,从侧面看,竟有很深的酒窝。

"这世界很大,偶尔也会有瞻前不顾后的女子。"

终于看见玉岭五峰的斜面了。

第一峰和第二峰重叠,第三峰稍微岔离,第四、第五峰像相互扶持似的并排在一起。

道路迂回,从五峰斜面逐渐转向正面。但是,铅灰色岩面上刻的浅浅的线条,从远处仍然看不清楚,不要说小佛像,就连第三峰的两座大释尊像也望不见。

入江远眺着。

他终于找到第三峰岩面中央略下方那个红色的斑点。

车子慢慢靠近，注意看的话，隐约可辨识出释尊像的模糊线条。

红色的斑点逐渐变大，颜色也依旧鲜艳。入江感到自己正一步步回到过去。

二十五年了。可是，每隔十年举行一次的点朱仪式，据周扶景说，自从中华人民共和国成立以后就被废止了。如此说来，现在缓缓扩大的红色斑痕，仍是当年映翔涂上的。

载着入江与周扶景的车子驶近玉岭的山脚。预定只停留一晚，明天中午之前就必须折回上海，所以摩崖佛要在当天看才行。

让车子等着，两人开始从第一峰参观。

第一峰、第二峰佛像虽多，但都不值一看。

"这次'文化大革命'，常听到'破四旧'的口号，完全没有保护文化遗产的想法吗？"

入江问周扶景。

"我是交通方面的技师，不清楚这档子事。"周扶景说道，"但是，我知道保护文化遗产仍是我们政府的大方针。只不过，这些胡雕乱刻的东西能说是文化遗产吗？"

"至少算是纪念民众努力的东西吧！"

"算是浪费人力资源的证物吧，从这个角度看也许有保存的必要。"

两人一面对话，一面走向第三峰。

提到保存，雕在岩上历经风雨摧残的摩崖佛也许无此必要，只要人为不加以破坏就行了。

入江想起距南京很近的栖霞寺里的"千佛岩"。这些据说是齐代文物的佛像群，战争期间，在修补的名义下已被糊上水泥，还外加色彩。云冈石佛的补修也相当离谱。

那样的保存，不做反而好。

入江心想。

到第二峰为止，他都以美术史家的眼睛在观赏、思考。可是，来到第三峰，他成了个鲜活的人，站在两尊大佛前。

夕阳西下，两人的影子在岩前空地的黄色地面上拉得长长的。

"这玩意儿最浪费了。故意扭转人民的视线，不就是为了不让他们看清上层建筑的矛盾嘛。"

这种解释很符合周扶景的身份。

从第一峰开始走上连绵起伏的山麓之道，入江气喘了。可是，年纪差不多的周扶景呼吸均匀，显示他平常锻炼有素。

入江擦擦汗，仰视着二十五年不见的第三峰佛像。下层佛像嘴唇的红色刺穿了他的胸口。

"后来就没再点朱了，颜色也没褪？……"入江自言自语。

但又不算独语，因为他说的是中国话。只不过，他并非说给周扶景听。

"每隔十年，朱红上再加朱红，因为涂得很厚，所以即使再过二十年或三十年，颜色也不会消失。嗯，那看起来不入眼的唇色，恐怕需要花一百年才会剥落吧！"

周扶景一面解开蓝色中山装的纽扣，一面说道。

一百年，听起来像悠远的岁月。如果在平时，作为岛国的日本人会因这种大陆的时间尺度而感慨，但此刻的入江，却对悠悠百年岁月无动于衷。

和映翔的往事，对入江而言，可说是超越时间的世界悲歌。

"才一百年……"入江说道，"这个岩石上的佛颜，如果消失，也许需要四千到五千年吧……"

周扶景颇惊讶地看着入江。然而，入江却立即闭起眼睛。

释尊像的红唇当然使他联想到映翔。他表示一种抗衡，因此闭起眼睛，在脑子里试图描绘《玉岭故事杂考》的场面。

入江的眼前再度浮现石能自杀的一幕。当血被佛唇吸进后，想象也告一段落。然后，映翔那丰实的脸颊、清澈的双眸、花瓣似的红唇，一个劲儿地涌进他的脑海，扩散开来。

"走吧。"

周扶景催促的声音，将入江唤回现实。

两人通过没有佛像的第四峰的番瓜岩，走向第五峰。

回到车里时，夕阳已西斜，四周开始微暗。

按预定，当晚在瑞店庄住一夜。

回程的路上，瞥见右侧五峰尾的山岩。入江的视线紧紧盯着窗外。

开始看到零落的跨山厝房屋。

最高处有两栋。其中一栋，是二十五年前入江曾住过的李东功的家。在夜色中，隐约看得到好似浮游的泛白悬楼。三只细长的脚伸出，紧紧咬住下面的岩石。

李东功不知怎么样了？

当时已六十岁，现在说不定作古了。

他的侄女映翔呢？

邻家的悬楼不见了，入江刚去时，隔壁和李家的房屋结构一模一样。那幢房子，曾住过长脸、鼻子尤其长的谢世育。那张像狐狸的脸，在这二十五年当中，有时还会出现在入江的梦里。

"在看什么？"

周扶景问道。

"二十五年前，我曾在五峰尾住过。住在一位叫李东功老人的家，不知道还在不在？"

"哦，李东功先生，十年前去世了。"

周扶景出生在玉岭偏西的永瓯，离此很近，所以对玉岭的事也很清楚。

"哦，是吗……"

虽在意料之中，但那位慈祥老者的微笑触动着入江的心，令他感到落寞。

"李太太比丈夫稍早一些去世。大家都说，老人之所以突然倒下，是因为太太先走了。"

周扶景说道。

李东功夫人在家里，尽量不引人注目，安静地生活着。因此，入江现在虽努力回想，却怎么都想不起她的轮廓。

他们家曾有个侄女一起住过，她现在呢？

入江几次想问，但话到嘴边，自然而然地就消失了。

往事已成空，还如一梦中。

他想起这首诗。

狭窄的坐席，入江又与周扶景的膝盖相碰，那强韧深深扎进他的身体里。

一边是沉溺于感伤的男人。另一边是一个与感伤无缘、坚毅的男人，正两手环在胸前坐着。

"瑞店庄到了！"

周扶景松开手臂，以工作的口吻说道。

入江还沉湎于往昔。

9...

车子停在村委会门前，瑞店庄的村长出来迎接。

三宅少尉的守备队曾驻防的大房子，现在成为村委会了。

虽然天色已暗，但是小孩子和老人们群集，很好奇地瞧着入江。这地方很少见到穿西服的外国人。

老人当中，想必有二十五年前曾擦肩而过的。

入江怎么都无法克制感伤的情绪。

村长是个年纪在三十左右的年轻人。入江以前逗留在此时，说不定他还只是个挥着木棍、赤脚跑在稻田或空地、流着鼻涕的小鬼呢!

"吃饭前，要不要先参观博物馆?"

年轻村长邀请。

"博物馆?"

入江奇怪在乡下竟有这种场所，不假思索地反问。

"正确地说，应该是博物室。"村长毫无拘束地笑着说，"在这栋建筑里有陈列室，大略看看，要不了五分钟。"

入江接受邀请，去看了那被称为"博物馆"的地方。

昔日这栋房子被当作军营，守备队的食堂就在现今的博物馆。

没有一件让入江感兴趣的美术品。陈列的不过是百年前太平天国运动爆发时，这个地方的农民蜂起时农民军使用的长矛和镰刀之类的东西。

墙壁挂着的画是手拿竹枪和锄头，二目圆睁、冲锋中的村民们。另外，也有抗日战争时，为纪念此地抗击法西斯主义的相片和绘画。

对了，三宅少尉也曾因游击队伤透脑筋……

入江想起当时发生的那个事件。

是点朱仪式举行过后的第四天。

入江从军队那里听到离瑞店庄十几公里一个叫丹岳的地方，虽然规模不如玉岭，但也有几尊摩崖佛。

"想去丹岳看看。"

入江很早就向三宅少尉提出申请。

"单独去太危险，我也有责任呢。反正从我这里会派军队过去，到时一起走吧。"

三宅少尉说道。丹岳有一支日军中队，瑞店庄的驻军是其支队，物资的补给等据点就在那里。

瑞店庄的军队正要派十个人到那里取粮食弹药。

"一起去吗？"三宅少尉说道，"一天来回，但应该有去看佛的时间吧。"

被三宅少尉一说，入江心想，的确是个出去散心的好机会。

对映翔的思慕愈来愈浓，他也想趁机让头脑冷静一下。

指挥联络队的是长谷川上等兵。曾和他一起看点朱仪式，入江与这个关西地方出身的军人相处不错，很谈得来。

丹岳比瑞店庄更乡下。中队长山崎上尉和瑞店庄的三宅少尉不同，是个不拘谨、直率而且宽容的军人。

"嘿，这研究很重要呢！"

听了入江的解释后，山崎上尉感叹地说道。看得出他还是个能谦逊善待陌生领域的人。

上尉爽快地表示将尽量给予方便，但被入江婉谢了。

"只用我的眼睛就行了，不能给军队添麻烦。"

"哦，可是，对这么有意义的研究，我也很想尽尽绵薄之力。"

山崎上尉遗憾地表示。

结果，只找了一个军人带路。

丹岳街上有座祖师庙，在那背后的小山丘的山脚处雕着一尊摩崖佛。

玉岭的山峰是由岩石形成，但丹岳祖师庙后的山丘却树木丛生，只在山脚下露出了岩石。所以，没有玉岭那样豪放地雕刻巨像的空间。全是小佛像，岩面腐蚀得厉害，长满青苔，刻得较浅的佛像线条几乎都消失了。

入江折了根树枝，拔掉青苔，寻找被盖住的佛像。

初看，佛像似乎比玉岭的还古老，那是因为受湿气侵蚀。从佛像的型和线条来看，知道比玉岭的佛像还新。

可能是建祖师庙时请专门的石工雕刻的，不似玉岭佛像那般外行。由于有单膝站立的观音像，很明显这是宋代以后才有的形式。

有许多罗汉像，其中几尊极富个性，带着趣味性。由于受到时间限制，入江没作素描，改为拍照。

中午才抵达，但为了天黑前赶回瑞店庄，回程必须早点儿出发。

遣回带路的士兵，入江在那里约花了两小时专心观摩摩崖佛。

为了忘掉映翔的事，所以才如此专心的吧？

一个教人难堪的眼神好似窥视着自己的心灵。

不一会儿，山崎上尉来了，长谷川上等兵也跟在一旁。

"我们马上要走了，哥们，那你呢？"

长谷川上等兵开始一副军人口吻，末了，还露出关西地方的口音。

"要不然，就在这里住一晚吧，也可以明天一早出发。"山崎上尉说道。

"不需要，够了。比我想象的数目还少，没花太多时间。"

入江答道，将相机装进箱子里。其实早就很仔细地观察过摩崖佛，要想彻底忘掉映翔，恐怕再花几天时间也不够吧。

回到中队本部，只见瑞店庄所需的粮食弹药已装进两辆运货马车。

"一路小心。"山崎上尉吩咐长谷川上等兵，"最近游击队势力虽然减弱，可是，这个节骨眼也最危险。我想，差不多是他们出门的时候了。"

"别吓唬人啦！"

长谷川上等兵缩了缩肩膀。

"还是小心点的好。嗯，有十个人应该没什么问题，入江先生就多关照了。"

说着，山崎上尉回头看看入江，从表情知道他对民间学者的关心出自真心。

两辆运货马车朝目的地瑞店庄出发。十名士兵扛着枪围站在四周。这条路原本可骑车，但入江有所顾虑，没带脚踏车来。离开瑞店庄时，三宅少尉也没建议带脚踏车。

山崎上尉问过要不要骑马代替步行，但入江没骑过马。两名军人的性格差异由此可见一斑。

出发前，山崎上尉问入江：

"你，没带武器吗？"

"没带。"

"那不行！游击队神出鬼没，不知何时会出现，让你赤手空拳而来，三宅少尉未免太粗心了。对了我还有一把手枪，借你用吧。"

"哦……"

入江没有回绝。

山崎上尉进到房间拿出手枪，简单地说明了操作方法后，递给入江。

走出丹岳，军队偶尔高唱军歌，精神饱满。入江尚不习惯行军，疲倦得很。看他走路的姿态，长谷川上等兵笑着说：

"入江先生，我们可是全副武装的哟，你呢，口袋里不过放着一把手枪哦。"

入江挠着头很不好意思，说道：

"很抱歉，希望不致成为你们的包袱……"

"万一游击队出现了，我会下命令，你照指示做就行了。走路时还好，一旦发生袭击，说不定你真成为累赘呢！"

"知道了。"

"不过，这一带不必担心，到瑞店庄的路上只有一个地方危险。"

丹岳祖师庙后的山丘终于贴着地平线变低了，前面看得见有个像丘陵的地方。长谷川上等兵指着那地方，说：

"就是那里。路被山夹住了，相当危险。有可能遭到左右围攻，大概有五百米长吧。来的时候倒没出什么事。"

"是呀！"入江应声答道。

入江记得从瑞店庄到丹岳时曾经过那里。十人的军队原本聚走在一起，只在那里大伙儿是散开着跑过去的。

逐渐走近丘陵。

就在走入仿佛快被山吸进去的路口之前，长谷川上等兵命令停步休整，对着士兵说道：

"从这里开始，和来的时候一样跑步过去。来时虽没发生什么事，但回程带了粮食弹药，很可能成为对手的目标。打开枪的保险装置，准备随时进入作战，两辆车相隔三十米走。"

　　总算下了出发的号令。

　　最前面的马车由五名士兵跟着，快速奔跑了起来。

　　入江不能落后，所以他跟着最前面的车跑。

　　车轮绞着道路的小石子，发出很大的声音，沙尘被军靴踢得飞扬起来。

　　"哟嘿、哟嘿。"

　　士兵们一面吆喝着，一面跑。

　　觉得五百米的距离可真远，好像左右两旁的山就要雪崩般地塌落下来。

　　入江和士兵们不同，由于装束轻便，还能跟着马车不至于掉队。

　　好不容易地，两旁的山变矮了，眼前是开阔的平地。

　　"好，终于到了。"

　　一名士兵大声喊道。

　　四周的稻田和路一般高，那附近的路边也没有树木，周围看得一清二楚，根本就没有可让游击队藏身的遮掩物。

大家都松了口气。

出了山谷这条路，士兵们停止跑步，恢复平常的步伐。

入江一面吁吁喘气，一面转头向后望去。

已经走出危险地带约五十米的地方了。

后面的一队人马也离开山间道路，正要恢复原来的步伐。

不可否认，每个人都掉以轻心。

松口气的同时，戒心也随之消失了。

全副武装跑步五百米后个个都正忙着调整呼吸。

就在此时，突然传来一声尖锐的枪声。

"卧倒！"

长谷川上等兵大喊。

10...

当入江慌张地仆倒在地面时，响起第二次枪声。

"很近哟！"

伏在旁边的士兵叫道。

没有实战经验的入江根本不知道敌人所在的远近，也听不出枪弹来自何方。

伏身时用力过猛，沙子迸了嘴里，入江抬脸啐了一口吐沫。

他看到载货的马前足高举。

枪声仍在持续，间杂着马的嘶鸣声。

入江闭起眼睛，左颊紧靠地面。

原来手握马缰的士兵，因为卧倒只好放掉缰绳，那马一定正想脱逃。

传来喀啦喀啦的车轮声，喧嚣的声音霎时掩住了枪声。

但是，车轮声没有继续。入江再度抬头时，只见眼前十米处的货车猛烈地摇摆，然后倾倒。

马也横躺在地。

"马中弹了。"

士兵叫了起来。

"畜生！"

长谷川上等兵怒叱。

这边没有立即应战。士兵们虽然做好了射击准备，但尚未扣下扳机，因为根本看不到敌人。

"危险！"

与喊叫声同时，入江双脚被抓住往后拖，口袋里的手枪碰到遍布小石子的地面，发出咔嗒咔嗒的声响。

怎么回事？

就在稍微喘口气的瞬间，后面的那辆马车以惊人的速度从入江的面前掠过。

和刚才一样，脱缰的马被枪声惊吓得急奔起来。

幸好长谷川上等兵抓住入江的脚朝后拉，急奔的马正从入江俯身之处冲了过去。如果不是长谷川上等兵机警，入江恐怕早被马蹄踩烂了。

入江身处马蹄和车轮卷起的烟尘当中，被刺激得直眨眼睛。额头冒出的汗也混杂着沙子。

"哗啦！"一阵声响。

跑在前面的马被击中，倾斜的马车被抛出道路。后面狂奔的马想从旁窜过，但车轮碰到前辆马车。

受到撞击，狂奔的马脚一滑倒了下去，不断挣扎着。

这段时间里，仍时不时听得到枪声。

在入江身旁的长谷川上等兵等得不耐烦，探出上身搜寻前方。

不愧是身经百战的军人，长谷川上等兵好像掌握了枪声来自何方。可是，怎么都看不见敌人的身影。他企图找出来，否则战斗将没完没了。

他所处的高度正好是射击的目标。

"哦——"

传出呻吟声，他的右手按住左胳臂上方，手指缝里流出血来。

手臂被击中了。

"我知道了！"

长谷川上等兵喊了一声，翻滚了三次变换位置。

"看到敌人了吗？"

左边的士兵吼着问。

"那些家伙挖了洞，在那个红土尖山包下往左约三十米的地方。那里，看得见枪口和人头。"

长谷川上等兵用近似呻吟的声音说道。

游击队并没有利用地形这种一般性作战方法，足见他们的指挥员是个脑筋很灵活的人。等运输队通过危险地带，在放松戒备歇一口气时偷袭，实在是高明的算计。

没有遮蔽物，可以制造几个。在视野开阔处挖个洞隐蔽起来，将计就计的做法，也是利用地形的一种好方法。

终于被长谷川上等兵看穿了。

士兵们全神凝视着长谷川上等兵指示的方向。

入江也总算看出点儿门道了。

离道路约一百米之处，每当地面冒出圆圆的黑点，就会传出枪声，然后黑点消失。这时，可见长形棒状物被拖到地下面。

很明显那是人的脑袋和枪。黑点并非在同一地方浮起，下一个黑点会突然在离前面那个黑点不远处出现。枪声几乎此起彼落地响起，可见并非只有一个人，而是有相当的人数。

运输队知道了枪口该瞄准的方向了。

围在入江旁边的士兵们开始射击。入江在学生时代也曾在军事训练中打过空炮射击，但此刻真枪实弹的声音更加尖

115

锐刺耳，让人感到不舒服。

"入江先生，你不是有手枪吗？用手枪呀……"

长谷川上等兵的口气像在骂人。

入江把手伸进口袋，取出从山崎上尉那里借来的枪。他虽然不是战斗员，但面临这种场合，也不得不拿起武器战斗。

虽然想尽办法避开战争地活着，却还是躲不过去。

入江照着从山崎上尉那儿学来的要领射击，但他没有对准目标，只一径地两手握紧手枪，眼睛闭起，扣着扳机。岂止是没有瞄准目标，他还故意把枪口朝上。目标几乎是接触到地面的点，像他这种射击方法，当然无法命中。

不用说，他是有意这么做的。

此时，映翔的脸浮现在他脑海，一副咬着嘴唇、瞪着他的表情。

"这样射击，是不会打中的。"

入江对着映翔的脸，无数次重复这辩解。

游击队藏身的地方突然出现奇怪的东西。

是一个圆形、银色的大型物体，扣住扳机的入江条件反射地联想到靶子。圆形的物体旋转着，那个联想从标靶改为车轮。

那玩意儿朝运输队俯身之处斜斜地挺进。

"那玩意儿后面有人，瞄准！"

长谷川上等兵下了命令。

车轮不可能单独转动。车轮被当做盾牌，由藏在背后的人转动。圆形的大盾牌飞快旋转，正靠近过来。

三十米、二十米……在阳光下，圆形的表面闪闪发光。

士兵们对着那玩意儿射击。应该命中了几发。

突然间摇摇晃晃地，盾牌像使尽力气的陀螺般，翻滚着倒在地上。

然后，有个男人从后面现身。

"不妙！退到后面去！"

听从长谷川上等兵的尖叫声，入江也趴伏着，两肘撑地，迅速往后退。

他也领会了状况。

甩掉银色盾牌的人做出扔什么东西的动作。然后，有个黑黑的玩意儿从那男人手中被抛过来。

是手榴弹！

在空中形成抛物线，飞落于倒在路边的载货马车上。

很凄厉的轰声——连地面都在晃动。

马车上绑着补给的弹药，被手榴弹命中了。

入江在那瞬间闭起眼睛，紧趴在地面，又听到一次爆炸声。

躲在银色盾牌后的男人，究竟是连续扔了两颗手榴弹，还是稍后又点燃其他弹药？入江无法分辨。

大粒沙子"刷"地飞洒下来，掉进入江的脖子里。这是因手榴弹爆击，被炸飞到半空的东西掉下来的缘故。

入江抬起饱受惊吓的脸。只见投手榴弹的男子，在与道路平行的线上奋力奔跑。士兵们对准那方向猛力射击。

奔跑的男子像是陡然停住似的。下一刻，以为男子会疼痛乱舞，可是他很快地就轰然倒地。

士兵们对着倒地男子扫射持续了一阵。

入江用失神的眼睛凝视着眼前的光景。

他已经倒地，还要射击吗？是因为憎恨而扣动扳机吗？入江实在不愿意这么想。

加上最后一击，这是致敌毙命的规定程序。

他这么告诉自己。

"糟了！"长谷川上等兵用吓人的声音吼道："那些家伙跑到山后去了！"

从地下浮起的人影，看似一个两个地被吸进红土山底下。和扔手榴弹的男子正好方向相反。

"朝那里射！"

长谷川上等兵起身，一屁股坐在地上。被击中的左腕绑着绷带，血止住了，但是疼痛仍令他不断皱眉头。

"长谷川先生，这么坐，很危险的。"

入江说道。

长谷川上等兵回头答道：

"他们不会再打了。"

远处只要那些钻出洞穴跑进山里的人影一出现，士兵们的枪口就一起朝那方向猛射。

终于看不见人影了。

"都逃走了吗？"长谷川上等兵咬着嘴唇，"到那边瞧瞧去！"

士兵们开始匍匐前进，入江也尾随在后爬行。左腕无法动弹的长谷川只靠右腕前进，速度还是比入江快。

远看以为是洞穴，一靠近才知是做得挺坚固的战壕，里面没有人。

"金蝉脱壳呀！"

长谷川上等兵自言自语。

战壕长约二十米，右边尽头几乎与山连接，挖得挺深，旁边却看不到土堆。挖战壕的土可能用畚箕倒到山里去了。

或许是短时间完成的，但做得十分结实。

"追吗？"

一个士兵发问。

长谷川上等兵摇摇头，说：

"不行，逃进山里后，就没办法了，咱们只有十个人。"

不知有多少游击队员躲在战壕里。当发现消失在山脚的人影时，几乎都已逃光了。入江只看到两个人，但那已是最后的人影了。

"会被小队长责骂的呀！"

跌坐在战壕前的长谷川上等兵十分颓丧，往后看了看。

道路上的运货马车被墨黑的烟雾笼罩，看得见红色的熊熊火焰。这么重要的军火粮食被破坏殆尽，三宅少尉一定胀红脸大怒。

"不过，总算干掉了一个游击队员！"

有个士兵表情欣慰地说道。

步伐沉重地，士兵们走回道路。

途中，那个银色的圆形物体倒在那里。原来是张圆形桌面，是聚餐人数多的时候，叠放在原来圆桌上的那个更大的桌面。桌面还焊接着洋铁，仔细看，有两块。

板子很厚，洋铁表面有几道弹痕，但都没有穿透。

"一只手拿盾牌一只手扔手榴弹的话，那男人也不会被打中的……"

一个士兵说道。

"不，不是这样。"长谷川上等兵凝视着桌面，从刚才就陷入思考。"那男人不是为了扔手榴弹跑出来的。是故意吸引咱们的注意力，朝他射击，好让他的伙伴们逃走。牺牲了自己，让伙伴逃命。"

"哦……虽说是敌人，却是值得钦佩的人呀！"

士兵们互望了一下，一齐将视线移到横躺在稻田里的游击队员尸体。

"真死了吗？"有人这么问。"那么密集地射击，不可能还活着。"

"早变成蜂窝了。"

"去看看吧！"

大家走近男人身旁。跑着去的士兵蹲下察看游击队员的身体，摇了摇头说：

"的确死了。"

淡蓝色的中山装已开始发黑，被血染的。

身上被击中多发子弹。士兵们把尸体翻转过来。

121

入江也夹在他们之间，蹲着瞄了一下死者的脸。

"咦，啊……"

从喉咙中意外地发出声音来，入江急忙咽了回去。

左半边沾满血迹的脸，入江记得在哪儿见过。

小汤——

将蒙住眼睛的入江带到游击队之家，根据卧龙指示的问题询问入江，第二天再把入江抬在脚踏车后座，然后送到街上的那个男人。

分别的时候笑着，突然从桃树后面现身的男人——那做鬼脸的模样再度浮现于入江脑海里。

当入江归还蒙眼布时，那男人说道：

"嘿，你是个诚实的人哩！头儿说得没错，你不是坏人。"

淘气地闭上一只眼，露齿笑着。那些话，如今仍鲜活地在入江耳边回响着。

眼角渗出泪水，入江抽着鼻涕。

"这么放着未免太可怜了，扔到战壕里去吧。"

长谷川上等兵说道。

入江双手插进尸体的肩下，其他士兵抬脚，左右两旁有士兵帮着抬背。

尸体很重。

抬着尸体的一行人走得极慢，平时粗野的士兵，此刻表情变得相当严肃。

走到战壕，两名士兵跳进去，接住由入江他们慢慢滑下的尸体，很小心地横放在战壕里。

入江双手沾满了血。还带有暖意的血。

虽没人下命令，入江低头为死者默祷。

"哇，马在吃草，好像是咱们的马。"

头转向道路的长谷川上等兵说道。

两辆运货马车还在燃烧。

第一匹马被游击队击中，后面那匹受惊的马则撞到车轮，倒在地上。遭受手榴弹攻击时，大概是碰撞到什么吧，马脖子上的轭竟脱掉了。获得自由的马于是跳起来，逃离了马车。

一名游击队员淌着鲜血死去，被葬在战壕里。一匹马若无其事地在离车约五十米处的道路角落，很悠闲地埋头于草丛吃着草。

燃烧的马车上，不知什么东西爆裂开来，尖锐而刺耳的声音让春日恬静的空气战栗。

11...

对运输队在回程中遭游击队偷袭、弹药粮食全被烧光一事，三宅少尉非常愤怒。

三宅少尉目光锐利地看着入江，说道：

"听士兵说，为了等你那什么研究，所以从丹岳出发的时间延后了……"

那口气简直就像在责备途中遭遇埋伏全是入江的错。

手腕缠着绷带的长谷川上等兵从旁说道：

"不，军火粮食交接后，入江先生立刻和部队一起出发了。刚才的话是谁说的？"

像是对三宅少尉不服，提出了辩解。

"为了他或多或少也是晚了吧"

"不，一分钟也没有延迟。"

长谷川上等兵斩钉截铁地说。

三宅少尉没有掩饰不愉快的表情，他想的是如何把责任转嫁给别人。

入江后来在另一个房间向长谷川上等兵道谢。

"没什么，"长谷川上等兵笑着说，"是事实嘛，被游击队攻击又不是谁的责任。早出发晚出发，对方还不是等在那里？小队长的话也太奇怪了，怎么啦，莫非脑袋瓜进水了不成。

长谷川上等兵在批评小队长时，故意露出诙谐的表情，讲笑话似的有意把话题岔开。

为了治疗左腕的枪伤，他将被送到上海的陆军医院。之所以如此郑重其事，好像是三宅少尉向上层报告说，军火粮食并非轻易就被烧光，军队也曾奋力应战。但是，长谷川毫不以为然地嘀咕道：

"为了这么一点小伤被送到上海医院，很没面子的。"

回五峰尾李东功的家之前，理应向三宅少尉打招呼。不过，入江没那种心情。

不打招呼就走，也没什么吧。

他在小队长的门前徘徊着。

这时，传来三宅少尉的叱骂声：

125

"你大老远从南京来是为啥的？有游击队的奸细，你竟没揪出来，这到底是怎么回事儿！"

后来的话就听不清楚了，但听得出来是中国话，似乎是翻译在向不知什么人传达三宅少尉的话。

入江没和三宅少尉见面就走了。

长谷川上等兵被送到上海后，暂时不能见面，更应该跟他打招呼才对。这么想着，入江又走到他那儿辞别，站着说了一会儿话后，入江走出军营。

沿着被当做军营的大宅第的墙边走，不经意瞥见一个男人，一面张望着四周，一面从后门钻出来。入江站在建筑物的阴影中，对方没注意到。

那个弓着背、快步离去的狐狸脸男子是谢世育。

李东功说过那男人出卖情报给日本军，看来并非毫无根据。

因回到李家时间已晚，也吃过晚饭，入江直接回自己的房间。

不一会儿，传来敲门声。打开房门，是映翔。她没关门就进到房间，表情认真地看着入江的脸，说道：

"入江先生，你受惊了。"

遭遇游击队的事她已知道了，这并不稀奇。日本乡下也

126

一样，在这种地方，哪怕是邻村谁家牛生病了，马上就会传得人尽皆知。

"嗯……不过，上帝保佑，还好没事。"

入江知道她和游击队有接触，特别小心地回答。

"听说游击队员死了一个。"

"是的……"

回答后，入江说不出话来了。

"因为这事，我要向入江先生致谢。"

"致谢？"

入江盯着映翔的脸，暗自庆幸房间很暗。虽然天色已黑，但房里却没有点灯，因为灯油涨价了。

当时，地方上的物价全面上扬。日军为清乡工作设立封锁线以后，这里的物资就更仰赖非占领区了。输送不易和物资不足使物价高涨。日常生活品当中，像盐这种占领区几乎不生产的东西，简直就是疯狂地暴涨，老百姓的生活极端困苦。

尽管李东功的家境富有，但入江还是有所顾虑。

微暗的房间里，映翔的眼睛发亮，她低声说道：

"那个游击队员战死，尸体留在日本军那里。弹药被烧得精光，日本军一定气死了。尸体将受到什么样的报复，说不定会被碎尸万段，大家担心得要命呢！”

“没那回事，那个游击队员……”

入江正想说明，映翔阻止了他的话。

“我知道。日本军围着他的尸体正想采取什么行动时，是入江先生把他抱起来的！”

“咦，你怎么会……”

“正担心的游击队员，从山上用望远镜看到了。说有个没穿军装的人，那当然是入江先生吧。一定是那人安抚了日本兵，抱起尸体的头，其他士兵抬起脚，放进战壕里，而且是很小心的，对不？然后，入江先生和其他几个士兵都为死者默祷……”

“这是应该的。”

入江说道。

“话虽这么说，但这不是个理所当然的时代。人与人之间应该超越恩仇，但战争把这一切都搞砸了。入江先生的心灵并没有受战争影响。知道了以后，我对你肃然起敬。”

映翔凝望入江，眼睛里隐约含着泪水。

不是这样的……

入江很想解释当时的状况，但不知为什么说不出口。

躲进山里的游击队员虽用望远镜观察了一切，但听不到声音。即使听到了，也不懂日本话，等于是用眼睛判断这一切。

第一个对战死的游击队员大加敬重的，是长谷川上等兵，而不是入江。士兵们围住尸体也不是要拿鞭子抽打，采取报复什么的。当时大家怀着敬畏的心情，说得夸张点儿，是在追悼勇士的死。

然而，这种心态，不在现场是极难理解的。

最先去碰尸体的人的确是入江，然后也慎重地抬起尸体放进战壕。单从这光景看来，仿佛是入江说服了士兵。

更何况，对日本军抱有禽兽不如的先入为主观念，下这种判断也是理所当然的。

现在，即使入江说明整个状况，也只会被认为是他个人谦虚，或者像在宣传日本人也是人道的。

"日本人当中，我只信任入江先生。"

映翔热切地说。

人的信念，原来也能建立在误解之上。

李东功走了进来，说道：

"入江先生，你今天真是九死一生呀。"

"是啊，真危险呢！"

入江答道。

"是卧龙的部队，不好对付哟。"

"卧龙？"

"这一带指挥着最强悍游击队的人。卧龙司令——是队长的绰号，没人知道他的本名。总之，是个厉害角色。"

"原来是一伙的呀……"

卧龙，指的是《三国志》里的诸葛孔明。用来形容神出鬼没的游击队长，再恰当不过了。但是，此刻浮现入江脑海的，却是英语的"sleeping dragon"被直译成"卧龙"。

"是半传说中的英雄，也有人怀疑他的存在，这个叫什么卧龙司令的，还真有其人呢。"

李东功说着，眼睛饶有兴味地瞄了一下侄女。

入江回想起被监禁在游击队时，所听到卧龙司令和映翔的对话。当时他们似乎有意停止战略意义减弱的游击活动，转而从事政治运动。那话里的意思听来，好像已确定了呀。

难道他将袭击运输队当做结束游击活动的最后纪念。

若当真如此，那就只能算是一种仪式。所谓仪式，是可有可无的，却因此牺牲了一条人命。

对人那么亲切的小汤，他的生命就不宝贵了吗？

"不知道他到底有多了不起，但是，未免把部下的生命看得太草率了吧！反正我这么认为。"

入江不经意地说道。

卧龙——入江只记得那躺在睡椅上、脸被书遮住的姿态，以及站在灰色庭院里的背影。

但是，从和映翔在一起交谈的对话中，察觉到两人之间的关系非比寻常，使他下意识地产生反感。平时不太说别人是非的入江，此时却提出批评。

"战死的游击队员是为了救同伴，舍弃自己的性命。"

映翔说道。

"是呀，没错。"李东功亢奋地说，"英雄式的死法，他平时是个很幽默的人。"

说到这里，老人突然噤声。

无意间透露与战死的游击队员很熟悉，等于招认和游击队有往来。李东功意会到对方是日本人，很快地闭口不言了。

入江不得不找话说：

"的确，那人死得很壮烈，但问题是，指挥者为什么非要选择必须牺牲那人的作战方法？"

"即使说了，你也不懂！"

映翔说完，紧紧咬着嘴唇。

"我懂，那些人不作战是不行的。这我很清楚，是作战的意义，是价值的问题。用一条人命换两辆马车的弹药，难道非要这样吗？"入江说道。

"可是，那弹药如果交到三宅少尉手上，也许会死更多的人。"

"这，是吗……"

入江觉得无言以对了，也不想和映翔谈这个话题。但映翔继续说：

"毫无意义地失去生命，那是愚蠢的。但是，今天那个人的战死，很有意义，不是蠢！"

"我没说那人蠢。"

入江退缩了。

"要说蠢男人，"映翔的视线从入江身上移开，"例如，在第三峰雕佛像传说中的石能就是。他的确很蠢！"

"为什么？"

"削了木架的脚以后，他不是跑回家喝闷酒吗？既然有时间，为什么不逃走算了！再说，朱少凤也是个笨女人，跑去当了尼姑，未免太消极了吧……不过，比起日本那什么姑娘的，可能还强一点。"

映翔露出洁白的牙齿。

日本的姑娘，指的是夹在两个男人中间、投江自杀的菟原少女。入江曾跟她提过日本也有类似的故事。

"看你说的，如果换了你，会怎么做？"

李东功在旁插嘴。

"当然，如果换了我，我绝不会去当尼姑，一定想办法活下去。另外，如果石能不跑回家自暴自弃地喝酒，而是潜逃的话，我呀，就追在他后面，跟他结婚！"

"呵呵，为什么？"

老人大吃一惊。

"结婚对象不是在两人当中选一个吗？包选死了，但石能活着。和活着的人结婚不是天经地义的事吗？"

"换成你呀，好像天下事都那么简单明了。"

李东功说着，摇了摇头。

映翔的言行总是这样干脆利落。那种简明，在入江眼里，格外显出一种难以形容的内在美。毅然果敢地爬上高高木架的气魄，同样源自美丽的心吧。

那时，入江尚未向她表明爱意。但是，对她的思慕在体内燃烧着，已是无法遏止的状态，无论在言语或态度上，他的心意已表露无遗。

聪明的映翔看了入江的表现，应有某种程度的察觉。

12...

因为第一个接触游击队员小汤的尸体，使入江意外地获得映翔的敬意和信赖。在此之前，恐怕她曾趁入江不在时，责问伯伯为什么让日本人留宿吧。

以前即使见面也显得很冷淡，但现在她再也不回避了。

从丹岳回来的第二天，入江走到悬楼，正俯望着淡绿的原野时，映翔也走了过来。

"很迷人的春天景致吧，从这里看过去。"她搭腔。

"嗯，的确很迷人，而且，风也令人感到舒爽无比。"

"但是，现在是战争期间呢！"

"待在这儿，都不知道战争还在继续了。"

话才说完，入江想起昨天的枪战，以及马车上弹药爆裂的轰然之声。

战争正在这块土地上进行。

映翔走到入江的身边，手扶着栏杆，眺望远方，像是自言自语地说："战争，不一定就是大炮对大炮，遭殃的是百姓。"

入江一时无言，想起在上海曾听到的话。

日本军虽有意在中国大陆保持点与线的状态，但是线经常被切断。

上海到南京以及上海到杭州之间的铁路，由于是最重要的线，所以严密戒备。在沿线每隔一公里或一公里半处，设有小碉堡，桥梁附近至少有一小队的日本兵驻扎，全天候警备着。铁路两侧张挂通着电流的铁丝网，不断有人触到铁丝网毙命，那多半是附近的居民。他们并非要破坏铁路，而是在毫不知情下误触电网丧命。真正的破坏队，会在铁丝网上架一种特殊的扶梯，轻易跨过后再破坏铁路或埋设地雷。

"无辜的老百姓才是战争的牺牲品。"映翔补充说道。

"真希望战争早点儿结束。"

"我们当然也这么期待，却不知战争会怎样结束。"

映翔放在栏杆上的白皙手指，映在入江眼里格外地光灿。并肩站在一起，入江反而觉得映翔非常遥远，远得让人想落泪。

国籍和血统，如同一股凶恶的力量狠狠地割入他和映翔中间，掘出一条无可弥补的鸿沟。

沉默了一会儿，映翔往后退，小声地说道：

"老实说，日本兵尽管可恨，但地方上的混混更令人憎恶。南京的中国人——那些汉奸们也一样！"

所谓混混，是既像游击队又全然不相同的人，算是流氓集团。他们利用战争期间治安不稳，趁火打劫做尽了坏事。他们去非占领区，自称是协助中国政府军的游击队，到处征收粮食，卷走金钱。然后，又到日本军顾及不到的地方，佯称授意于日本军，干同样的勾当。

是一群靠战争吃饭的无赖。一般老百姓每天过得苦哈哈的，他们却沉迷于赌博、酒色，醉生梦死地过着日子。在地方上，只要稍微过得去的人，多少都与混混沾点儿关系。

最近日本军与汪伪政权合谋产生的清乡工作队到处横行，令人无法忍受。

在中国话里，"乡"和"箱"是同音，老百姓称"清乡"为"清箱"。清乡工作队进到民屋，将眼所见手可拿的东西全从箱子里掏了出来，甚至连坟墓棺材中的陪葬品也不放过。

入江和映翔都处在杀戮的世界里。

136

“我们在一起不谈论什么战争该多好呀。”

入江说道。他打从心里这么想。

“但是，我们如果不是因为战争，也不会碰面呀。”映翔
答道。

由于专攻东洋美术史，入江为了作研究，即使不发生战
争也有来中国的机会吧。只是，会不会到玉岭来，倒是个
疑问。

从艺术角度来评价，不得不说玉岭的摩崖佛属于三流。
如果研究的是阴刻[1]，那么，山东省许多地方的汉代画像石还
来得更有价值。

被稚拙所吸引，可能是源自憧憬不局限形式化的、追求
个性化的自由表现吧。由于置身在战争时代，所以才会愈发
地渴望。

“是呀，如果没有战争，我可能不会在这里吧！”

入江想道。

翌日，映翔随入江上了玉岭。

这是第一次两人单独外出。入江即使在日本，也不曾
与女性并肩走路。不知该找什么话说。话题不宜太轻松，

1　一种雕刻法，文字或书都呈下凹陷状态。——译者注

因为对方不是普通女性，而是个若无其事攀上高高木架的姑娘呢。

"入江先生，你最喜欢吃什么？"

被这么一问，入江因感到太意外，而不经意"哦"地发出怪声。

因为问题太家常化了。怎么都料想不到那个在巨像的嘴唇涂红的姑娘，竟会问起有关吃东西的事。

"什么都吃，任何东西……"

入江慌张地回答。

"是吗？我以为入江先生是个好恶特别偏执的人呢。"

"为什么这么想？"

"呵，这么喜欢这里的佛像，如果不是爱好偏执的人，才不会特地老远跑来呢。"

"不会吧，这和毫不费力就能爬上木架的大小姐，说出很平常的话是一样的。"

映翔咯咯地笑个不停。十九岁的她，还谈不上什么风韵，但是那笑声却非常丰润。

就是这一天，他俩在玉岭第三峰坚硬的岩面作了测试。

"到底有多硬，试试看。"

入江从口袋掏出钟爱的海军刀。

"你想刻什么？"映翔问道。

"不，只是想试试硬度。"

"反正要刻，干脆刻个什么字吧，比如说名字的头一个字母什么的。"

"我名字的第一个字母是I，划条线就行了。"

"我是L，也很简单，没有曲线很容易刻。哎，并排刻我们名字的字母行吗？"

"嗯，好啊！"

入江将刀转向岩面。

并排把男女两人名字的第一个字母刻上，是不是有特别的意思？入江想起在游击队之家的庭院里，映翔和卧龙站在一起的场景。第一个字母再怎么友好地排在一起，对入江而言，映翔仍是个遥不可及的姑娘。

明知可能是一场空，但入江仍拼命地将刀刃刻进岩石。

"还是太硬了。"入江说道。

岩面丝毫未受影响。

他站的地方正是第三峰脚下浮凸的部分。

"说不定上面的会柔软些。"

入江抬眼向上望。感觉下层释尊像的莲花座附近不错。岩面处处是凹洞，攀爬个数十米应该没什么问题。

"你要爬上去雕刻吗？"

映翔笑着问。

"爬上去试试看。"

入江单脚攀住岩洞。

"小心，很危险哟！"

映翔担心地叮嘱。

"不要紧，有脚蹬的地方。再说，你不也爬上那么高的木架。"

"呵。哈哈哈……"

娇媚的笑声直让入江的心发痒。

他边攀爬岩石，边用刀子试着刻。相当坚硬，刀刃受损，很醒目地缺了一块。

入江只好放弃，爬了下来。

"不行，刀子力道不够，刀刃损坏了。"

"啊！"映翔瞧了瞧入江手中的刀子，"还是不行呀，石能的刀子也是在这里坏掉的，可真硬呢。不过，这么困难，他都雕刻了，真挺佩服他的。"

她仰望着巨大的释尊像说道。

然后两人又相偕前往第二峰。

当天的目的地其实是第二峰的摩崖佛。下层的各尊小像已作了写生，但上层部分的佛像看起来很小，用肉眼无法作细微部位的描摹。入江用从北京的研究室借来被当宝贝似的长焦镜头，套在相机上拍摄了下来。

拍照完毕，映翔问道：

"入江先生只对用线刻成的佛像感兴趣吗？"

"不，没那回事。"入江答道。"不过，目前只想以这种佛像为重点作研究。这个那个都想研究的话，分了心，就什么都是半吊子了。"

"对这种事一点儿也不腻，真佩服。"

"工作嘛。事实上，后天下午，守备队一半以上的人要到新林镇做清乡工作。听说新林镇的庙里有相当古老的佛像，我本来想跟着去看看，不过，现在改变主意了。看了其他东西，会分散注意力。"

"对于研究挺挑剔，却什么东西都能吃，可真怪！"

说着，映翔笑了。

看起来和普通的姑娘没有两样。

不过，入江对她就像见到刺猬似的，全身神经紧张。比如说，她一靠近，他就担心自己的炽热会不会被发觉，不由得缩紧起身子。

"让她知道我的心不好吗？即使是没有结果的思慕，也要把心意传达给她。”

虽这么想，但自己的心事被识破还是很不好意思。

外表装得很快活，然而一回到李家，入江简直累坏了，倒在床上就几乎爬不起来了。

当然，那不仅是肉体的疲劳。

13...

　　和映翔一道去玉岭两天后，入江在李家自己的房间里写报告。

　　不过，要摆脱学术论文的形式，以美术评论的手法写，他拼命地握着笔，但反而没有进展。

　　装在皮包带来的参考文献中，有前辈研究员在西湖附近飞来峰拍的二十几张佛像相片和一些有关报告。

　　飞来峰是自然的洞窟，在其内外的岩面雕满许多佛像，其中有备受珍视、独一无二的弥勒佛像。

　　但是，这些都不像玉岭那种雕刻在峭立的岩面上，所以严格说来，不能用同样水准比较。因为，用比较的方式，反倒容易写成学术论文的体裁。

　　但既然申请了一个月的假期和旅费，就一定要做出相应的成果来。

写了擦掉，擦掉又再写，正在滞涩难行之时，天色逐渐暗了下来。想节省些灯油，入江躺在床上。

这时，听到不知是谁在房外大声叫嚷。

入江起身走出房间，心想，发生什么事了？

在走廊碰到李东功夫人，入江问道：

"出了什么事？"

"军营好像发生了火灾，"李东功夫人回答。"好像没什么要紧，小火灾。是刘大爷前来通报的，和我们没什么关系。但刘大爷的嗓门太大，是不是吵到你了？"

"没有，我做完事正要休息。军营发生火灾的话……"

"入江先生你是不是该去看一下？"

"是的。"

他的身份在名义上属于守备队，因此，自己所属的部队发生火灾，应该赶去看看。

虽然是小火灾，但不理不睬也未免不近人情。

入江准备妥当后立刻前往军营。

东西朝向狭长的军营，南边尽头正冒着白烟，火可能已扑灭了，看不见红色的火焰。

走进军营，只见伊藤伍长正在揉眼睛。

"火灭了吗？"

入江开口问道。

"嗯，该灭的地方都灭了。"

伍长丧气而无力地回答。暗夜中看不见，但感觉得出来脸色不妙。

真可怜，伊藤伍长一定会被三宅少尉狠狠地斥骂。

入江很同情他。

守备队以伊藤伍长为首留下十五人看守，三宅少尉以下的人则前往新林镇去清乡了。

火势虽小，却因伊藤伍长的疏忽大意而引起，身负守卫责任的他本人当然很颓丧。

到新林镇单程需两个半小时，往返需五个小时。加上当地清乡所需时间的话，下午出发的守备队不到深夜回不来。

军营空荡荡的，出动的军队还没归营。

"还好没出什么大事，这不就好了？"

为了安慰情绪消沉的伊藤伍长，入江说道。

发生火灾的建筑物，位于宅第南边角落、像是仓库的小屋子，守备队不曾使用过那屋子。反正是别人的房子，还好没什么实际的损失。

"可，可是搞大啦！"

伊藤伍长颓然地说道。

"什么事搞大了？"入江反问。

伊藤伍长周围的士兵们也无精打采。

"事实上，弹药全被偷走了。"

"弹药？"

"对呀，因为火灾，正忙着灭火时，全被悄么声地偷走了。"

"啊？！"

守备队的弹药保管场所在宅第的最北边，方向和火灾现场正好相反。

"上当了，"伊藤伍长叹了口气说道。"这是游击队计划好的手法，在仓库点火的也一定是那帮家伙。我们为了早点把火灭掉，连弹药库的哨兵都跑去救火，如果换了平时，不缺人手，绝不会动用到他们的。"

因火灾骚动而没人看守的弹药库，锁不知被何许人物撬开，把仓库里的弹药搬得精光。

因上次从丹岳回程时，补给的弹药全烧光了，这回就不再外出领取，而是由兵力多的丹岳派来一支运输小分队，特地送到瑞店庄来。

弹药完完全全被盗走，可以想象三宅少尉暴跳如雷的样子。

"我干脆死掉算了。"

伊藤伍长手伸向头，把帽子揉成一团。

入江想不出该怎么抚慰他的话来。

"这么一想，"伊藤伍长口沫四溅，恨恨地说道："火灾之前，军营北侧的围墙外，停了几辆运货马车，上面装了麻袋和木箱一类的东西。从围墙跳进的人数恐怕不少吧，动作要领好，又敏捷。我们发现得太迟，对方从容地把撬开的锁弄好才走的……"

据他所说，灭火大约花了二十分钟，游击队在那段时间行动敏捷地偷了弹药。

仓库的火灾后来经认定有被浇上汽油的痕迹，但发现时，火势已凶猛地蹿了上来。

灭火以后，前来支援的弹药库哨兵，并没有很快地回来部署防卫。不管什么时候，旁观火灾，永远是人的一种特殊兴趣。

发现墙外被丢弃的麻袋和木箱时，士兵们才开始觉得可疑。

有士兵记得曾看过附近的马车上装过这些东西，趋前调查后发现，木箱和麻袋里全是纸屑。

后来又发现墙壁有一部分损坏，才醒悟有人侵入，赶到弹药库一看，里面全是空的！

这是守备队驻扎瑞店庄以来，最为不吉祥的事故。

身负重任的伊藤伍长顺口说出想死，其实不是没有道理。

有关这个事件，由留守班出示传令，向正从新林镇回营的三宅少尉报告。

因此，当三宅少尉抵达瑞店庄军营时，当然已知道事件的梗概。

留守班的士兵们个个垂头丧气，等待小队长归营。三宅少尉歪着嘴，眉头紧紧皱起。说是想象中的愤怒容貌，不如说是恐怖之相。

"伊藤，过来！"

少尉把伍长叫到自己的房间。

约过了二十分钟，三宅少尉走出房间。伊藤伍长随后出来，脸色惨白，一副被小队长修理得很惨的模样。

三宅少尉命令全营人员在军营庭院集合。

入江一时之间感到有点迷惑，自己究竟算不算在全员当中。

他是守备队的客人，绝不是三宅少尉的部下。不住军营而选择李东功的家，虽是出于自愿，但三宅少尉也有这意思。

不过，入江如果留在军营，由于留守班的兵员较少，或许帮得上忙也说不定。

当然，他还不至于这么想：自己如果在场，看守弹药的哨兵不必去救火，而游击队也会被击退。

"说不定弹药库的哨兵前往火灾现场反而好。"

入江心想。

如果火灾是游击队的计策，那么，他们的目的一定是企图把大部分日军兵员钉在军营的南端。如此一来，在北端做起事来就方便多了。如果弹药库留守一个或两个人，那么，为了达到目的，一定会开枪或在天灵盖上那么一敲。

哨兵不在自己的岗位上对他们是有利的。

"自己即使在现场，结果也差不多，顶多早几秒钟灭火罢了。"

入江这么想。

他倒没必要听三宅少尉训话。可是，转而一想，现场的气氛又不适合拔腿就走。

他站在最后排分队的后面。

三宅少尉接受完行礼后，开口就说：

"已经过去的事就算了。"

对士兵们而言，这是个意外的开场白。他继续说道：

"要认真想的是，下一次绝不能再发生！所以，我想好好说一说今天的事件。"

三宅少尉说完后，环视了部下。传来伊藤伍长那听起来凄苦的咳嗽声。

"很明显地，游击队……"三宅少尉原来低声地说，突然在这时音量大了起来，"知道咱们守备队要出动去新林镇，才会计划今天的袭击作战。我们走出军营时，因为是组织了队伍出发，任何人都看得见。但是，我们要去哪里，什么时候回来，知道的人很有限。出发的士兵，连自己要去哪里都不知道。我在事前只跟下士官提了今天的行动，并且一再叮嘱别让士兵知道。所以，只能从下士官追究起。"

三宅少尉盯住一个个下士官的脸后，又继续说道：

"都好好地想想，究竟谁告诉了别人要去新林镇的事？我认为，游击队知道了守备队要去哪里。并预计到，从新林镇回来已是晚上，所以选择了傍晚，等着天黑利于逃跑的时间，进行奇袭。当然，也有可能尾随我军，等确定我军目的地是新林镇后，再知会游击队。不过，这次我总觉得事前就已被敌人知悉。为什么？从最近的状况看，我觉得在我们军队周围有游击队的奸细。我已在民间安排了密探调查，虽还没有掌握确凿的证据，但快要有头绪了。在这里，特别希望下士官们努力回想一下，有谁泄露了今天的行动？那个人也可能泄露其他事情。怎样？有没有什么线索？"

三宅少尉两手往后摆，挺了挺胸。

入江的情绪有些紊乱。

他在几天前，从村田中士那里得知守备队要出动到新林镇的事。然后，被问及要不要去看古寺的佛像。

村田中士站在入江前面，从入江站的位置看不到他的表情。

他看到村田中士的肩膀不时在抽动。每次抽动的时候，入江都吓一跳。但是，中士终究没有举手。

中士忘了吗？或者畏于三宅少尉的来势汹汹而沉默？

入江咽了几次口水。

站在指挥台上，三宅少尉锐利的眼睛啄食般的盯着部下的脸，尤其是下士官的脸。那视线也停留在入江的脸上。比起其他下士官，凝视他的时间反而还更长。

入江全身紧绷。

为了掩饰不安，他使尽力气在脸上戴上一副若无其事的假面具。最后，觉得脸上像沾满胶水一般僵硬。

他甚至此时能察觉到脸上有面膜干裂时丝丝的爬行感。

"好好想，想起来的话向我报告。追究过去的事也没什么用。这是为了查明向游击队泄密的途径，也是为了咱们今后的安全。和瑞店庄守备队的名誉也有关联，知道吗？"

三宅少尉说完，走下指挥台。

入江开始觉得自己的脸仿佛发出碎裂的声音。

解散后，他避开同伴，在庭院树下伫立了一会儿。

叹息突然从体内沿着喉咙涌升上来，他感觉到了。那声叹息，终于轻轻地吐在完全变黑了的军营庭院。

14...

　　入江稍晚进了下士官休息室。里面有四个分队长、两个中士和一个随队翻译。

　　一走进就立刻和村田中士的眼光相遇，入江直视他时，对方的眼睛早就凝视他了。

　　果然没有忘。

　　入江感到自己体内的血液缓慢地开始逆流起来。

　　其他人围着伊藤伍长，七嘴八舌问及事情发生的经纬。因此，没人注意到他和村田中士的视线遇合。

　　过了一会儿，三宅少尉的勤务兵把翻译叫了过去。

　　"那只狐狸把可能是目击者的中国人带来了。"

　　勤务兵说道。

　　狐狸，指的是替日本军做密探的谢世育。任谁看他都长着一张狐狸脸。

三宅少尉的房间就在下士官休息室旁。下士官们停止了追问伊藤伍长事件的经过。反正大概情形都听说了，不如安静地竖耳倾听隔壁房间在说什么。

翻译和谢世育的声音都很低，听不清楚，而三宅少尉的声音与其说大，不如说穿透性强。特别是激动时声音尖锐，连在隔壁都听得一清二楚。

终于听见三宅少尉的声音了。起初，没那么清晰，但因为心情愈来愈激动，声音也跟着高了起来。

"什么？爬上墙？有五六个人……穿着鼠灰色衣服？……把绳子搭在墙上，然后吊起弹药箱。嗯，对对，墙上那些摩擦的痕迹恐怕就是吊着重物的绳子擦过的痕迹。嗯……"

由于一句句重复对方的话，翻译和目击者中国人的声音即使很低，也知道对话的内容。

"为什么没有立刻报告？……什么，以为是在进行训练？……啊，看到军营救火很忙的样子，就没说？……你告诉他，下次再有这种事，要尽快通报……这男人，住北边的围墙后面，从那里可以看得很清楚……"

然后，翻译和中国人叽叽喳喳地持续说了一会儿。

下士官个个蹲下，耳朵拉得长长的。

入江仍然心有余悸，有时会看看村田中士，两人几次视线相遇。

有了反应。

村田中士似乎有意识地点了一下头。

几分钟以后，再度听见三宅少尉尖锐的声音：

"利用梯子翻墙的五六个人当中，有没有女的？问问他。"

入江吃了一惊。

三宅少尉问及有没有女人，不正表示他特别意识到女性游击队员？在这种节骨眼应不至于想到女人。一般都会想，只有男人会翻墙。三宅少尉一定有什么根据才特地这么问。

然而，的确有大胆攀登二十米高木架的女人呀！

入江怀着祈祷的心情追赶着三宅少尉内心的一举一动。目击者的回答最令人担忧，入江闭起眼睛等着。

"什么？不知道！从这男人的家里看，应该分辨得出来。咦？因为很暗的关系，真是这样吗？……"

入江听到这里，终于放心。

尽管如此，映翔仍然危险。很明显，三宅少尉盯上她了。

她曾和卧龙商量过要离开敌占区，目前正是出走最好的时机。

入江焦急地想。

是不是该劝劝映翔？

但是，入江这么做，算不算背叛了祖国？

他的心很乱，呼吸困难，一直在挣扎着。无意间抬起脸，看到村田中士的眼睛，凝视着入江的眼睛闪闪发亮。

"告诉狐狸！"隔壁三宅少尉的声音突然提高，"全是这家伙的责任！让他在民间搜集资料，根本没什么成绩。花这么多钱，简直莫名其妙，运输途中，弹药被烧光；人不在的时候，火灾现场进来了贼。事情落到这种地步，还抓不到游击队，这根本是职务懈怠！骂给他听！"

被三宅少尉如此警告，这回，翻译也说得比较大声。叱责语气的中国话继续了一会儿后，又换成窃窃低语。可能是狐狸谢世育在辩解。

"什么，再给五天时间？"听见三宅少尉的声音，"竟敢要求这么长的时间。军营被游击队侵入，还希望我等五天吗？这个笨蛋！听到没有，'笨蛋'这字眼一定传达到，中国话有'笨蛋'这个词吧！"

听从三宅少尉的命令，翻译对着谢世育说了"笨蛋"。

入江突然想到，大概翻译是将日语的"木偶坊"直译成

"木偶"？抑或意译为"笨蛋"？

之所以突发奇想，可能是想避开村田中士视线的无意识作为吧。

面对大声叱责，谢世育像是慌张辩解似的，本来低语的中国话竟变得激昂起来了。但入江没听清楚，通过口译，再加上三宅少尉复诵一次，入江终于知道谢世育说话的内容。

"什么，再等三天？这家伙以为是小摊贩卖东西吗？还杀价呢。好吧，再过三天，一定要交出游击队的奸细网。一定要，牢牢给我记住！"

从翻译随之提高的声调中得知，已将三宅少尉的愤怒传达给对方。谢世育也仿佛打躬作揖地发誓。

三宅少尉用最后搞定的口气说道：

"好，三天以后！我只等三天。如果约定的期限到了，还无法掌握足以击溃地下组织的情报，最好趁早觉悟！这可不是逗你玩的，告诉狐狸，如果不能遵守约定，可能会要他的命，知道吗？"

三宅少尉意志坚决，谢世育被这么一说，肯定会倾注所有的力气，去搜集足以重创游击队的情报。

映翔的处境愈来愈危险。

入江感到自己的心跳加快。怎么办？

他想起了自己生长的日本山河——播州平原那一望无际的稻浪，矗立其后的浓绿群山。对祖国，他必须忠诚。

在守护村子的森林里，天真的孩子们游戏着。虽非战斗员，但为了保护他们，入江愿意做任何事。

然而，当映翔小麦色的脸重叠在画面上时，一切就很快地崩溃似的散去。

"在中国一个小角落发生的事，不会影响大局的。"

为了解开心中桎梏，入江如此说服自己。

实际上，他听说过在这地方几乎不可能会发生大的战斗。顶多是和游击队之间的小规模战斗而已，根本谈不上影响国家命运。

在游击队之家的庭院中，卧龙和映翔的对话也透露，重庆方面已定下方针，不再将争夺个别城镇作为重点了。

日本方面，也像是只要确保主要补给线就行了。

瑞店庄并非十分重要的据点，不过是为了守备重要补给线的后防罢了。入江编造着借口，再加以合理化。

为了庇护映翔，竟需要如此的辩解，入江想着想着，悲从中来。

战争就是一场悲剧，他感受深切并穿透肺腑。

翻译回到下士官休息室，没人问他队长室的情况。通过三宅少尉的大嗓门，大家都已知道怎么回事。

分队长们要回各班，纷纷走出房间，其他伙伴们也站了起来。

入江和村田中士一起走到走廊。中士主动接近他，入江告诫自己不能逃，并没有躲离中士。从走廊走到院子，村田中士站住了，入江也停下脚步。

村田中士是近四十岁的资深下士官。看起来比实际年龄还老，脸上许多皱纹，动作也有些迟钝。他环顾了周围，他们是最后步出房间的人，四下已无其他人。

"入江先生。"

村田中士先向入江搭话。

"什么事？"

入江一面压抑逐渐升高的悸动，一面回问。

"我好像告诉过你要去新林镇的事，你记得吗？"

村田中士低声问道，相当慎重地打探。

"嗯，记得，"入江故作无辜地回答。"说是那儿有古庙，问我要不要顺便一起去看看。"

"你没告诉任何人吧？"

"当然，那种事怎能随便告诉别人！"

就等这句问话了，时机恰到好处，入江回答。

"哦，那我就安心了。被队长大人这么一说，我担心得要命，本来想举手，但后来又想，别没事找事了。所以，打消了念头。"

村田中士的脸浮现出鱼尾纹，这是一脸笑容、一副松了口气的模样。

"真谢谢，我本想自报姓名，可是在你还没有说出之前，我先举手未免太多事了吧。再说，也会给你添麻烦。"

入江边看对方的脸色边说。

村田中士一副通情达理的表情，他还点了两三次头。

"是呀，你要是说从我这儿听来的，可麻烦呢。我已上了年纪，故乡还有妻子，在这种时候，如果为了小事惹祸，那未免太不值得。这件事就当没发生吧！"

"这样最好。"

入江表情明朗地说道。

走出军营，入江向着五峰尾，在夜色中疾走。

快到李东功的家时，他看到前面有人影，认得出是瘦身猫背的男人。

是谢世育……

被三宅少尉狠狠臭骂一顿，走起路来没精打采是当然的，从步履蹒跚、垂头丧气的身影看得出。

谢世育停在李东功家门前，抬头凝视着大门。

入江侧身靠着墙，等待他离开。

男人的肩膀松垮着，像在叹气。有点儿距离，叹息声理应听不见。但是，在寂静的夜里，入江好似感觉到空气有些微微在浮动，那一定是谢世育的叹息，没错。

那男人有什么烦恼吗？

因为见识了三宅少尉的激怒，入江有种想看点儿热闹的想法。

在李家门前伫立了一会儿的谢世育，终于沮丧地开始慢慢走去。

入江盯着那背影，直到他进入距离约五十米的隔壁门内，才抬脚挪步。

进入李家的门，右边是客房。平常不怎么使用，但那晚点着灯。

房门一半开着，入江窥了窥房内。

李东功和侄女映翔坐在里面。

"嘿，回来晚了，今天。"

李东功微笑着搭话。那晚，心情特别愉快的样子。

"嗯，发生了一点事情。"

入江回答。

"呵呵，知道了，火灾和遭窃。怎样，三宅大人很慌张吧。"

"是呀，因为被偷袭。"

"进来坐坐。"

接受李东功的邀请，入江进到客房去，坐上古旧的黑檀椅。

"必须告诉映翔，否则……"

他心想。

"可是，"李东功对着侄女说道，"为什么不趁胜追击？对方人数不是很少吗？"想来是接着刚才的话题。

在日本人入江的面前，李老人一点也不避嫌地说着。不知是信任入江，还是不把他放在眼里？

"那是不可能的，伯伯，"映翔像安抚老人似的说道。

"人数虽少，对方可是实实在在的正规军呢。当时的目的是想夺取弹药，为了小汤的死而作战，想尽量避开没有意义的牺牲。如果正面攻击，可能会杀掉对方几个人，但自己这一方也说不准会有人死亡或受伤。卧龙司令可是慎重考虑过的。"

"今晚的气氛，看来不适合说什么啦。"

入江在内心悄然自语。

15...

当晚，入江睡得不好。

做了可厌的梦。梦见被很多人像丛林动物似的追赶。

或许入江处于心灵上的被逼无奈，才会做这种梦。

映翔也出现在梦里。既然一起被追杀，干脆就和她厮守在一起，入江在梦里非常焦虑。两人被分别包围着。

围着他的倒不是什么恶魔凶暴的人。直到昨天为止，入江还和他们一起生活，是伙伴呢。所以，他特别感到悲哀。

矛一样闪着耀眼光亮的武器，像树林般成排矗立在他面前。

要被杀了！

他这么想的同时，又为自己打气：

有这种事吗？一定在做梦，又没干什么，不可能会被杀。

呜呜呜……

他呻吟着，但即使在那时，他仍然客观地想到：

这是噩梦而已。

是否在做梦，按照老方法，捏捏脸颊就知道了。在梦里，他居然想到了，于是狠狠地捏一下脸颊——的确没错，一点儿也不疼，捏海绵般的触觉。

太好了。他松了口气。

不仅是为了自己，也为了告慰自己映翔的受难并非事实。

她被一群模样温和的男子抓住。然后，莫名其妙地，竟然主动开始脱衣服。

映翔的脸虽是健康的小麦色，但敞开的胸却蜡一样地白皙，很光滑。她最先脱掉的是点朱时披着的紫色斗篷。

奇怪，记得不知听谁说的，梦境中是没有颜色的。难不成这是现实？

梦里的入江狼狈极了。

讨厌的梦。映翔小姐不可能自己脱衣服。是自己不好。因为一直想看她的裸体，梦里才会出现这种场面。

如果说这是在梦中想的事，未免太假正经了。入江的脑海里的确曾几次描绘过映翔的裸体。

在李东功家里，一般吃过晚饭不久，就烧热水洗澡。现在的洗澡间在改建以前曾是厨房，但是，洗澡间并非像日本那样身子泡在浴缸里。

这里是把大锅里的热水舀到木桶里洗。入江的洗澡方法是先淋了两三次水后，开始在全身打肥皂，再淋热水将肥皂泡沫冲掉。

身为客人，他一直都第一个洗澡。老人夫妇最后洗，入江洗完后接着是映翔。

浴后的入江回到房间，每次擦湿头发的时候，就会从浴室传来了她淋水的声音。

对他而言，真是恼人的声音。

他妄想着映翔坚实的白色裸身。透明的液体抚摸着丰满的两个乳房，缓缓流淌，留下热气。肩膀和腰部等圆软的部分挂着水珠，发出令人神魂颠倒的光泽。

就是这个！尽在脑里想这些，才会连梦里都出现……

而梦里的场景，依旧我行我素，奋力挣脱理智，继续发展下去。

映翔不只脱去上衣，两手还放在腰间正准备脱去长裤，裤子也和点朱时穿的一样，是漂亮的黄色——腰在摆动，腿肚也在颤动。

这时，入江面前的一支长矛突然倒下，扎到了他。

"好痛！"

他呻吟着。

虽不是剧痛，但却扑哧一下扎进皮肤，的的确确很痛。

感觉疼痛，这不是梦。

如果这是现实的话，可不得了。无论如何，得早一点救出映翔。

入江拼命地挣扎，手脚却不听使唤，仿佛被看不见的绳子绑住身子似的。

入江想用力挣脱，一再扭动。

就在此时，眼睛张开了，全身汗涔涔。

"果真是梦，好极了。"

他出声说道。

刚才那被矛插进膝盖的疼痛，像是没发生过地消失无踪。

起床后，他思考着梦境的含义。尽管没有奥地利弗洛伊德流派梦解析的知识，但他明白了一个事实——自己深爱着映翔。而且，他也知道自己十分渴求映翔的身体。

李家的早餐吃稀饭。李东功夫人总会把盛着稀饭的锅子和一些酱菜，事先准备在厨房隔壁的房间。

家里每个人起床的时间不同，起床后，各自到那房间用早餐。

入江早就醒来，再也睡不着了。

厨房旁的房间，桌上已摆着盛稀饭的锅。入江漱洗完毕，很快地吃完早饭。

做了怪梦，他更想呼吸外面的空气了。走出去，含着初夏气息的风，舒爽地吹拂着睡眠不足的皮肤。

他漫无目的地走着。

这时，从军营的方向传来军号声——是起床号。

反正每天得去露一次脸。

"走，去吧。"

入江往军营方向走去。

虽是发生大事件的翌日，却如往常般充满朝气。

点名、体操，然后是炊事班热热闹闹工作的景况。走过一间间营房，眺望这一切，入江心想，那怪梦终究也会淡淡而去吧。

这就是活着。

他深刻地感受到。

军营生活被喇叭声和号令一次次追赶，碾压的皱褶完全消失了。而只有在生活的皱褶中你才能品味出人间的悲欢。军队的生活则没有这些，所以是冷酷的。

只要吸进这里的朝气就行了。待得太久，会立刻厌倦这种刻板的生活。入江本想和三宅少尉打个照面后就走，但实在不想见到他。才过了一天，三宅少尉不可能心情这么快好转。

入江和伊藤伍长站着说话时，三宅少尉擦身而过。

"今天来得这么早。"

三宅少尉先搭腔。

"嗯，想早一点儿上玉岭。"

入江答道。

三宅少尉像在想什么，过了一会儿，突然记起来似的说道：

"入江先生，能不能来一下，有话跟你说。"

语气很客气，实际上是命令。

入江一阵发冷，他现在是个内心有隐情的人。

他从村田中士那里听到守备队要出动到新林镇的事后，曾无意间泄露给映翔知道。

如果找不出其他的泄密渠道，那么，昨天事件的责任就在他身上了。然后，映翔和游击队有关系的事实，也因此有了证据。

"是，现在吗？"

入江紧张地回答。

"对，不会花太多时间的。"

随着三宅少尉脚下的长靴马刺声，入江进到队长室。

"没什么特别的事。"

进入房间，三宅少尉立刻说道。然后停住，凝视着入江的表情。

入江在小腹部运力，迎接对方的视线。

"在李东功家住得怎样？"

少尉突然冒出毫不相干的话。

"一般般吧，反正很自由。"

"事实上，"少尉的眼睛望向窗外说道，"李东功一家攀上卧龙，和游击队有来往也说不定。"

"怎么会？"

"当然了，他那把年纪，不可能扛着枪撒野。赞助，也就是说，嗯……他有提供资金的嫌疑。"

"那是不可能的。"

为了装出吃惊的表情，入江费尽苦心。

"我最初也是提醒过你要小心点儿，如果他们有什么可疑的言行，要通知我！"

"目前为止，没有任何迹象。"

"我想也是。在你这个日本人面前，他们不敢说什么莽撞的话才对。"

三宅少尉说话时，使用的是"李东功一家"、"他们"这种复数形用语，让入江很是担心。

"如果和游击队有关联的话，我想，应该不会做出让日本人留宿这种危险的事吧。"

入江怕袒护的语气太强，会使三宅少尉起疑，他谨慎地回答。

"我起初也这么想，但或许是将计就计也说不定。"

"将计就计？"

"把日本人引进家里固然危险，但另一方面，也可能从日本人那儿搞点儿情报。"

三宅少尉说话时的视线故意到处散光，不去看入江的脸。可是，讲到重点时，会飞速地投过一瞥。

三宅少尉那种视线，对入江而言活像是一条鞭子。

"怎么会……"

入江极力掩饰着心虚，用强力的语气应答。

"我知道，"三宅少尉冷漠地说道，"想从你这里得到情报是不可能的。你一天只来军营一次，然后，又几乎整天逗留在玉岭的佛像那儿。他们如果期待你透露情报，可以说是没什么指望的。"

入江提高了警觉。三宅少尉的这番话，说不定是为了让自己松懈。

我有嫌疑。映翔他们也危险，而且相当危险，必须得行动了。

入江着急了起来。

"想要情报？一点儿迹象都没有呀。"

他说得很快。

这是事实。守备队出动到新林镇的事，入江没作任何思考就脱口而出。绝不是映翔故意引诱他说溜嘴的。

"难缠的对手向来最会设法掩饰。总之，你把这事放在心上，并代为留意他们的言行、进出的人。只要觉得有一点可疑，就尽快报告我，再三拜托了。"

"知道了，我会注意。"

"地下组织这玩意儿，只要逮到一处，就会一个接一个地被击破。捣毁抗日组织，对我们……对日本军的战略，进而对战争目的来说，是十分重要的，希望你能了解。"

三宅少尉目光不再闪躲，定定地看着入江的脸。

入江表面上有力地点了两三次头，可是身心已到了精疲力竭的极点。

走出军营，脚下突然无力，摇晃了几次。

入江在路旁坐了下来，手顶住额头。

"映翔……"

他小声地呼唤她的名字。

回李家，成了一件困难的事。

到玉岭去吧!

他作了决定，顺着五峰尾山脚的路走向玉岭。

天边还残留着些许晨霭。

五峰尾山腹的两家跨山厝，那悬楼的脚仿佛极友好地向下并垂。然而，绝非友好——住另一边的"狐狸"谢世育，就像狩猎似的正张望着邻家。

入江站在第三峰前。

因为佛像太巨大的关系，站在正下面根本看不见。往后倒退一些，在点朱时摆桌子的地方附近，他伫立了一会儿，仰视着两尊佛像。

因为是点朱之后不久，下层佛像那很鲜艳的朱唇，沐浴在朝阳下闪闪发光。

看着看着，映翔的容貌逐渐扩散开来。不仅在入江的脑海、胸中，映翔在入江的全身扩大着。

入江感到自己的灵魂，已变成了她的俘虏。因为只有被俘的躯体才会有昨夜的梦。

头晕眼花，因为心生病了。和朱色的唇相对，入江感到难以忍受，步履变得蹒跚。他走向第三峰通到第二峰小路旁的草丛，躺了下来。两手垫在脑后，脚伸直，设法营造出万念皆空的境地。

但是,愈是这么想，映翔的容貌愈缠绕他的灵魂。

可能因为睡眠不足，不知不觉打起盹儿来。很浅的睡眠，没做梦。至少小寐了几分钟，察觉有人，他醒了过来。

翻身趴下，只抬起头。隔着草的隙缝，看到刚才去过的第三峰前，站了一个男人。

不仅站在同一个位置，简直和入江刚才的姿势一样，伫立着。不可能看到自己的身姿呀，但入江突然不得不想——站在那里的是另一个我。

那男人比入江稍高，长长的侧脸上垂着长鼻子，那不正是谢世育吗？

入江屏息盯视着那男人。

谢世育仰望着第三峰的佛像。他的视线移到下层释尊像的唇上，不需说明，入江一眼就知道。

谢世育也和入江一样，步履时而踉跄。

"简直就像照镜里的我嘛！"

入江心想。

从肩膀摆姿也看得出表情的烦恼。

哦，知道了！

入江的肩膀微颤。

谢世育也爱着映翔。

映翔和游击队有关系，他早已察觉了。住在隔壁，本来就能刺探她的动静。

他没将这件事向三宅少尉密告，是因为一颗心暗自许给了映翔。

一定是这样没错！

昨夜谢世育的表现也是佐证。站在李东功的家门前，那个落寞的身影，根本不像密探在侦察目标，而是对着所爱恋女人的家叹气。

入江因为就住在李家，如果住在军营，想必也会驻足在她家门前，为无法排遣的思念而悄悄叹气吧。就像镜子的一里一外，那时的入江和昨夜的谢世育，两人的举止几乎如出一辙。

谢世育的心，一定比入江悸动得厉害。

他只有三天期限，必须要将所爱的女人交到日本军的手中。三天，是下决心所需要的天数吗？

谢世育仰视着佛像的脸，忽然折断似的垂了下来。

他一定也无法忍受那嘴唇朱色的鲜艳吧，退后了两三步，那步伐不听使唤。

"简直就是我的身影。"

入江觉得很不舒服。

人对于太像自己的人，会产生厌恶。入江惧怕映在镜中自己的模样，而且深深地憎恶着。

他握紧拳头。

可能的话，很想把照出那身影的镜子敲个粉碎。

谢世育躬起猫背迈步前行，朝五峰尾的方向回去了。

直到背影消隐在褐色的草丛里，入江眼睛眨也不眨，一径注视着。

等谢世育的身影消失，入江才回过神来。

"那家伙不是镜中的我，是另外一个人。"

他低声说道。

嫌恶与憎恨在入江的胸中卷成旋涡。除此以外的感情，短时间不存在于他心中。他从未体验过如此清晰的憎恶。

不经意地垂下眼睛，才发现紧握着的拳头第三关节白白地凸了起来。

16...

入江从玉岭回来的时候，映翔独自坐在客房。

"你回来啦，今天很早就出门了呢。"

看到入江，她站了起来，走到走廊。

样子很怪。

入江忽然这么觉得。

表面上，她和平日没有两样。

入江也与往常无异，一副处之泰然的态度。但是，他自信自己可以捕捉到她的灵魂所在。不仅表面，连她内心深处在烦恼什么他都能够理解。恋爱中的人，察觉对方的心理很敏感。只需望一眼，于瞬间便可一目了然。

她努力掩饰着什么，想到这点，入江益发觉得她令人怜爱。到底她遭遇了什么事？我帮得上忙吗？

是谢世育的黑影笼罩在她身上吗？

入江想象着。

可是，她本人有意掩饰的事情，即使盘问了，也会言不由衷。

入江无法向自己所爱的女人告白，尽管已经感受到映翔心底翻起的汹涌，却束手无策。

"天气真好！"

映翔用快活的声音搭话。明明知道那快活其实是装出来的，入江的胸口一阵剧痛。

下午，入江在房里，埋头写着那篇有关玉岭诸峰摩崖佛、却始终提不起精神的报告。映翔走了进来，喊道：

"入江先生。"

那声音有异于平常的余响。

入江的头从笔记本中抬了起来，回过头。

"入江先生，有话想跟你说，愿意听吗？"

"当然愿意。"

入江转过身子，请她坐下。

她的嘴角笑着，但眼神呆滞，坐上椅子的姿势也不太自然。毕竟是十九岁的姑娘，笨拙的修饰暴露无遗。

入江很怜惜。就像看到苦苦支撑绚丽的粗枝和荒草，让人感到凄凉。

然而，下一个瞬间，从映翔嘴里说出一句将入江的软弱伤感一扫而光的话。

"你爱我吗？"

没有比这更无懈可击、更清楚的话了。比攀登木架更精彩。

嘴麻痹了，入江好一会儿说不出话来。看着映翔紧盯自己的眼眸，他慌张地频频点头。

映翔跟着点头后，坐直身子，说道：

"前些时候，我和伯父谈到有关第三峰的传说时，入江先生也听到了吧？"

"嗯。"

入江的喉咙好不容易才出声。

"那时，我曾说如果我是少凤的话，会和石能结婚，理由是包选虽死，但石能却活着。确实，我是这么说的吧！"

"我记得。"

"那本书上写，石能因为包选的佛像雕得比自己好，所以起了杀意，但我还是认为他是为了少凤。我希望如此，否则两个年轻人没必要特地返乡，爬到那么高的地方雕佛像。这则传说，应该是石能爱少凤，这样解释才自然。所以我说，如果石能逃跑，我会在后面追。为了所爱的女人杀人，如果有爱自己这么深的男人，我愿意献身。"

映翔有时像是气喘吁吁，断断续续地说道。

然而，此刻入江喘息挣扎得更厉害，他用沙哑的声音说道：

"哦，真的吗？"

映翔像调整坐姿似的又一次坐直，沉默了一会儿后开口道：

"入江，你肯为我杀人吗？"

"肯！"

入江不假思索地说道。

她的话才问完，答案几乎是同时脱口而出，回答方式简直就像入江毫不留间隙，把她吐出的气息一丝不漏地吞咽一样。究竟真能为映翔杀人吗？入江连想都没想。

"我希望你杀的是隔壁的谢世育，那男人胁迫我跟他结婚。"

她并没有压低声音地说道。

"拒绝他不就行了，结婚这事，"入江亢奋了起来，尖声地说道，"你讨厌那男人不是吗？"

"当然！不过，谢世育握有我的把柄。最近，火灾时的奇袭事件、日本军守备队的动静等，是我通告游击队的。"

"我知道，"入江终于镇静了下来，"守备队到新林镇的事，是我透露给你的。"

"是吗？"

"首先，在我来这里的途中，曾被游击队扣留一天，我在那里见过你。"

"噢？"

"我从被监禁的房间小窗看得到庭院的一部分，你就站在那里。另外一个男人，是卧龙司令吧。人在那里，证明你和游击队有关系，可以这么推测吧。"

"原来是这样呀。入江先生，你是日本人，会把我的事告诉三宅少尉吗？"

入江摇头，摇得很肯定，而且好几次。

"如果要说早就说了，现在，一丁点儿都没有这个念头。"

"谢谢。"映翔低头说道，"这我相信。你是日本人，但我相信你同时是一位人格独立的人。果然如此。可是，有个不是人的男人，我被那男人逮住证据，威胁我说如果不肯结婚，要把证据交到守备队去。不，不仅是我。你也知道，伯父平时虽不怎么提游击队的事，却老想说他们的好话，而且，也提供金钱上的援助。谢世育说要把伯父的言行也一起通报三宅少尉……"

"真卑鄙无耻！"

入江气哼哼地说道，全身燥热了起来。

"那男人乘人之危胁迫结婚，我跟他说让我想一想后再答复。那个男人限我明天中午前回话。"

映翔低着头说到这里后，突然抬起脸正视着入江的眼睛。

"然后呢？"入江催促着。

"必须在明天中午以前杀掉那男人！如果让他活着，向守备队告发我的话，我一定被判死刑。三宅少尉会枪毙我吧。不，会被吊在树上。为了示众，我会全裸地被吊在军营庭院的白杨树上。我愿意跟随杀掉谢世育的男人，已经下了决心。"

"就没办法逃走吗？"

入江问道。

映翔摇摇头，说：

"逃不掉。如果逃跑，我的联络线是固定的，谢世育知道。他告诉三宅少尉，今明两天会在那些地点作布防。他这么宣称，只要有女的出现在那里就是游击队的奸细。真的，不骗你，三宅少尉已和丹岳的日本军联络好，布下了天罗地网，想逃也逃不了。"

"卧龙司令的游击队据点也有危险？"

"那里很安全。最近已撤退转移到新地点去了，谢世育并不知道。连我都不晓得。明后天，卧龙司令会通知我新的联络渠道。如果再早一点，也许我还有办法逃。不行！现在必须先杀掉那男人！"

"那男人好像喜欢你……"

"我知道，"映翔很快地回答，"我也利用了这一点。被那男人掌握了不少秘密，我，只好哄骗他，让他别向日本军透露。唉，这也是报应吧，那男人被我哄骗得太过火，但那不是我意乱情迷，我是为了祖国才这么做。对那男人来说，是毁灭性的吧，那男人说如果我答应结婚，会带我一起逃，利用他的安全渠道。那男人也必须逃，如果没有查获游击队的话。"

"这么说，将你出卖给日本军，还是相偕逃亡？他也必须被迫做出选择呢。"

入江想起谢世育在第三峰的姿态，那男人也很犹豫吧。一定是在第三峰前，下了最后的决心，反过来要求映翔和他结婚。

"是的，"映翔回答，"他的处境很不妙，把恐怖的复仇算在我身上。入江先生，你会把我交给谢世育吗？"

"不，不会。绝对不会！"

"你会杀那个男人吗？"

"杀！"

入江站了起来吼道，心想，被人听到也无所谓。被烈火团团围住的人，已顾不了后果。

映翔也安静地站了起来，

"我，发誓。我将献身杀死谢世育的男人，谨向祖国的山河发誓。"

说完，她行了个礼，走向门。

在门前，她转身说：

"明天中午以前，如果要动手就是今夜了。"

叮嘱了以后，走出房间。

入江恍惚地站了一会儿，然后全身开始颤抖。原本围着他的火焰，顿时变成了冰——从头到脚，贯穿心脏，冰柱狠狠地刺中了他。

他坐下，拳头放在膝盖上，那紧握的拳头猛烈摇晃似的颤动着。

"杀掉那狐狸脸谢世育。期限是明天中午，必须要在今晚。我就要变成一千四百年前的石能了。"入江这么告诉自己。

想到一千四百年的岁月，入江稍微镇静了些。让遥远的时代浮现脑海，现实的残酷多少缓和一点。

入江闭起眼睛，想象着山中宰相的年轻弟子石能，汗涔涔地削着木架脚的场面。

情况不正一样吗？

突然间的意识让他像弹开似的从椅子上跳了起来。

然后，在房间里踱步。

谢世育这个男人，每天早上十点左右，会走到悬楼做早操。

邻家的悬楼也和李家一样，呈突出悬崖的形状，由三根柱子支撑。可是，柱子不粗。

从悬楼的柱根到悬崖底垂直约二十米。地面是覆盖着羊齿类植物的岩石。

模仿石能一千四百年前在木架脚略施小技，不就行了！

人去楼空的邻家只住了谢世育一个人，不用担心会杀错人。

17...

那晚，没有月亮。

只有那三根柱子隐约地浮在黑夜中。入江蹲着，先抚摸看看最西边的柱子，不知是什么树木，非常干燥。

入江手里握着的是海军刀，不是凿子。然而，他把它想象成石能的凿子。不，甚至想象正抚摸柱子的自己不是日本人入江，而是一千四百年前出身名门的青年石能。

偏爱古代美术的入江，常因鉴赏等的关系，很习惯将自己置身于和现实完全不同的世界。

身处战争杀戮的世界，为了美术史的研究，也经常必须这么做。前辈学者中，当然不乏识时务的人。入江模仿不来那种实际，但与此相反，他表现的是另一种能干。

他可以背向荆棘满布的现实，钻进脑子里所描绘的另一个世界。

即使无法彻底进入石能的世界，至少可以让自己进入近似蜕变的状态。

他开始用海军刀把柱子的根部削掉。刀刃有点儿受损，但很锋利。干燥的柱子几乎无法抵挡刀刃。

花了不少时间。

在那段时间，自己那颗几乎忘我的心，有时会返回正在削柱子的体内。

"我现在到底在做什么？"

在这个念头几次想甩而甩不掉的时候，入江想象起被吊在白杨树上映翔洁白的裸体、抬眼望着的士兵们粗野的眼神——思及此处，握刀的手再度使力。

暗夜中，入江为慎重起见，好几次用手指确定，然后再继续工作。如果削得太过，来不及承载人体，柱子会先塌下来。

"杀掉这只狐狸！"

入江像念经似的，在心里辩解对方是个凶暴的坏蛋，可是愈这么想，谢世育愈不像坏蛋。

昨晚，伫立在李东功家门前那沮丧叹息的身影。然后，今天早上，在第三峰前那烦恼的模样。想到这几幕景，竟开始觉得对方其实是个善良的人。一思及此，入江便加速无言的辩解。

狐狸！坏蛋！叛徒！让你恐吓！

削下来的木屑慢慢在他脚旁堆积了起来。在夜里看，感觉像白色的幻影。

虽没什么风，但那木屑沙沙地微微出声，在岩石四周飘舞。风再强一点，木屑会像白色的蝴蝶般在夜空飞舞吧，一片片的木屑说：

这是杀人哩！高声喊叫着，这飞旋着的幻想同时浮现在入江的脑海。

他捡起木屑，尽量塞进口袋里。

工作告一段落。

最中间的柱子好像削得太多，简直就剩一张薄皮维系，两旁的柱子在支撑着。左右两旁的柱子如果再削一点点，一定承载不了悬楼的重量，会立刻坍塌下来。

没想到可能起风，是自己疏忽。只要些微风，便足以使任何一根柱子折断。

幸好当时没风。但是，很难保证到明天早上十点钟还能不刮风。

沿着难爬的岩石，入江先下到山脚来。在回李家途中，正好有块土质湿软的地方，他掏出口袋的木屑扔掉，用鞋子使劲地踩踏，塞进地面。被鞋子一挤压，白色木屑仿佛被黑暗吸进似的，也变成了黑色。

不知猫会不会爬上去？

他猛然想起。在这种紧要关头，竟会想到这种事。

野猫如果半夜跳上悬楼，柱子能承受得了重量吗？

总之，工作已完成，一切听天由命了。剩下来的，就只有祈祷。暗自祷告，回到了李家。

入江蹑脚走进门。夜已深，但他还是敲了映翔的房门。

映翔很快现身打开门，让入江进到房间。看她还没换上睡衣的模样，知道她也睡不着。

可能入江的表情太紧张，映翔看到他，瞬间咽了口气，低声问道：

"杀掉了？"

入江摇头，吞了口吐沫后，说道：

"还没有。不过，明天早上十点左右，那男人会死。你知道那男人每天早上会做早操吧，我做了石能做过的事，把悬楼的柱子削细了，用这把刀。"

他展示海军刀给映翔看。

她退后半步，凝视着刀子一会儿，很快理解了入江所做的事。

"谢谢……"

才说完，立即扑向入江的怀里。

刀子从入江的手掉落至地板，发出咣啷的声音。

入江用双手抱住她的肩膀。

她的嘴唇贴上入江烧得火红的脸颊。湿润的嘴唇冰凉。

入江转过脸，将自己的唇压在她的唇上，两人上下摆动着肩膀，长长地深吻。

映翔把嘴移开，小声说道：

"那么，等明天吧！"

再一次把嘴唇移向入江的耳朵，轻吻了一下。

那压抑的气息悄悄地宣泄了出来，轻轻吹进入江的耳朵。

映翔终于蹲下身，捡起掉落地板的刀子，说道：

"这把刀子，给我留作纪念吧。"

当然，那晚入江无法入睡。

早晨，他几次走到悬楼偷窥邻家。

看来没起风，野猫也没跳上，隔壁的悬楼安然地由三根柱子撑着。

吃过早饭不久，长谷川上等兵到李家来拜访入江。他从上海医院回来，特地前来打招呼。

189

“在上海医院，被大骂了一顿。说是这么丁点儿小伤老远跑来，未免太小题大做，是不是脑子进水啦！不过，还是暂时收容了我。”

长谷川上等兵操着亲切的关西腔，只有在这节骨眼儿，入江好像没有听到。

快接近午前十点了。

当映翔端着茶托盘正要踏进房间的时候，隔壁发出不知是什么的尖锐声音。

是人的哀号？枪声？无法辨识。后来才知道两种声音都混杂着。

老练的士兵长谷川，敏捷地站了起来。

映翔轻呼一声，手中的茶托盘掉了下来。

陶制的茶碗发出刺耳的声音，碎在地板上。

入江无意识地跑到悬楼。

长谷川上等兵比入江抢先一步跳到悬楼去。

邻家的悬楼不见了。

它并非无影无踪地消失。

支撑的柱子虽然折断，但紧连着宅邸建筑的部分可能建得很牢靠，使悬楼不至于整个塌陷，而是松弛无力地在悬崖上晃荡。

190

"哇，阳台连接部位的铆钉松掉，滑到外面去了。"

长谷川上等兵狂喊，然后朝下一看，加了一句：

"好像有什么掉到下面，是什么呀？"

崖下覆盖羊齿类植物的岩石上，有什么白色的物体长长地横躺着。

入江当然知道那是什么。

谢世育穿着白底蓝条纹睡衣。二十多米的下面，蓝色条纹完全融入白色中。

入江闭上眼睛，太阳穴狂跳，心里默默地数着自己脉搏的喘息。

颈部感到轻微的气息拂过。他想，是映翔站在后面。

可是，那呼吸意外地沉稳一丝不乱。

18...

时间已经过去二十五年。

入江现在站在谢世育坠落、染满血横躺过的地方。

隐花植物群匍匐在岩石之间。不用说，当时曾吸过谢世育的血的羊齿类植物早已枯死，新的又长出来，不知换了几代。

这是在瑞店庄住宿一夜后翌晨的事了。

入江中午过后，必须前往上海，踏上归途。同行的周扶景一送走入江，便准备动身回故乡永瓯。

离出发还有一段时间，入江想去前些日子车子经过的五峰尾和玉岭再看看。表示了意向后，周扶景说一起去吧。

入江其实想自己单独去。

可是，规定不许把外国客人独自丢在这样的乡下。

"周同志，那就麻烦你了。"

瑞店庄年轻的村长把入江托付给周扶景。

入江立刻前往曾是李东功家的宅邸。现在，有三个家族住在那间大宅子。那些人和李东功毫无关系。

然后，两个人走下狭窄的坡道。

途中，入江回想起那晚扔掉口袋里木屑的地点，觉得呼吸有些困难，对他而言，那是青春的一个遗迹。

离开崖下的道路，入江在谢世育坠死的地方站住，周扶景也默默地停步。原本就是话不多的人，当天的周扶景更像有意让入江一个人安静似的。

谢世育坠崖的情景，对入江而言，是胆战心惊的回忆。

直直盯着脚边的岩石看。

虽然心想不能老站这里让周扶景等，可是却寸步难移。

他终于下定决心的样子。

"映翔因为知道那古老的传说，所以把我的刀子带走了。"

暗念了一遍给自己听以后，对着周扶景说：

"走吧。"

瑞店庄的村委会不仅有博物馆，还有图书馆。在村委会的一个房间里，摆放着多是最近出版的书，最旁边的角落则堆放了少许古书籍。

昨晚，入江在其中找到《玉岭故事杂考》，很自然地拿起来看。

书皮上写着"李东功藏书"，上面有"吟风弄月"的藏书。看到这些，入江迟疑着不敢翻开。

确实是当时李东功曾出示给入江看的那本书。

可能是老人捐赠给图书馆的，书页之间仿佛会出现过去的亡灵。

"今晚可能会觉得无聊吧，如果有想读的书，可以借去看看。这种乡下地方，也没什么可看的，真是抱歉。"

村长在旁说道。

"嗯。"

入江把《玉岭故事杂考》放回书架，拿起旁边带帙的古书，说道：

"那么，我就借这一本。"

只要没有封存过去亡灵的其他的书，什么都行。

那本书题名《张公案》。

所谓公案是审判的意思。古代的中国，描写名判官的故事，都冠上那位判官的名字，例如《包公案》、《狄公案》等。

回到房间，他闲闲地翻着《张公案》看，张这个人指的是梁武帝的名臣张献平。

再翻几页，也写了杀包选的事。

《玉岭故事杂考》的故事重点是朱少凤选婿，对杀人事件的始末仅简单记载：

刺史张公，立举证……

但是，《张公案》却将重点放在事件解决的经纬上：

……石能之镌有细疵。张公执其一雕庭树，木质立现疵痕，以校，梯脚历历留条痕正符合也。

石能在雕刻佛像时，错把凿子扎进岩石坚硬的部分，使刀刃受损这件事，《玉岭故事杂考》也记载了。

用刀刃受损的凿子雕刻，虽只有些微痕迹，但会留在木材或木屑中。据此，就可以察知削木架脚的凿子，进而找出拥有凿子的人即是凶手。

原来如此……

入江心想，下一个瞬间，突然叫了起来：

"啊！"

为了杀人，把木架的脚削掉，不仅一千四百年前的石能这么做，二十五年前的入江也做了同样的事。而且，当时使用的海军刀同样在第三峰调查岩石的硬度时，刀刃也有些许损坏。那时，一旁的映翔看在眼里。入江想起这一幕。

映翔把那把刀子带走了。

在这个地方长大的映翔当然知道张献平的故事。所以，她才从入江处把刀子拿走的吧。

实际上，三宅少尉不知道第三峰的故事，并未调查柱子刮削后的痕迹。

反倒在谢世育的后脑找到一枚子弹。

从后面被射杀的。他可能因敌人侵入，在惊慌之下想从悬楼逃跑，或许脚下被绊住的关系吧。被击中的同时，他滚到悬楼，身体的重量压断了柱子后摔下去。

由于柱子很快地折断，有可能被动了手脚，这曾被当做疑点。

但是，三宅少尉用自己的推测了结了事件。

游击队一伙知道谢世育是日本军的密探，为惩治他，先包围宅邸。但是，他可能企图沿着悬楼的柱子滑下逃走。游击队先将柱子削细，断了他的退路。

"尽管是我们的敌人，但还是不得不承认他们的作战方

196

法实在高。这么做的话，包围的人数也不需要太多。"

三宅少尉佩服地说道。

事前并不知道三宅少尉会如此解释。映翔一定是预先防备，不让危险的证据留在入江手边，所以将刀子销毁了。

这么想，入江感到些许的欣慰。

谢世育死后的第二天，映翔突然失踪了。竟违背了和他之间的重大约定。

"回到南京的学校去了，那孩子得用功念书呢。"

李东功说道。

当时的入江已预感她再也不会出现在自己的面前了。

入江结束不到一个月的停留，必须回北京的当天，李东功说道：

"哦，这是映翔要我转交给你的，我都忘了。"

说完，递给入江一张纸。

对女性而言，算是很刚劲有力的字迹，上面写了一首诗：

　　　　恩仇人世事，
　　　　所贵爱情浓。
　　　　点像朱唇结，
　　　　悬楼碧草封。

仁存天一道，

侠在第三峰。

玉岭邯郸梦，

醒来驭卧龙。

这首五言诗大意是，在人类赋予恩仇的常态中，战争当然也算其一，能够超越这些的唯有无价真情。表示赞许入江对自己所抱持的爱情。

双方都不可能遗忘摩崖佛的朱唇，以及谢世育坠死的悬楼下的碧草。翠绿色的"碧"字，在中国的诗文里很容易让人联想起血。中国的故事里，曾描述蒙冤而死的人的血，三年后，在土里会变成翠绿色。唐朝李贺的诗有"恨血千年土中碧"的句子。

所谓"仁"，总觉得是抽象的德目，属于形而上，而侠义之心是现实，属于形而下。这是在称赞入江模仿第三峰故事的侠气吧。

映翔曾对祖国的山河发誓，自己属于杀掉谢世育的男人，可是竟然失踪了。这首诗想必是道歉函。

接着最后两句写着：希望你把在玉岭发生的事，当作一场虚幻无常的梦吧。我已从这梦中转醒，驾驭卧龙而去。

最后，隔过几行，有几个发黑的深褐色的字。用毛笔写的诗字体娴熟，但末了几个字却歪歪倒倒，好不容易才辨认出来——

映翔刺血志谢

那深褐色的字是蘸血写的。可能是割破手指后所写，难怪字显得歪扭。

即使收到致谢的血书，但仍无法弥补映翔逃走的遗憾。

"她在南京的学生宿舍吧。回程的时候，顺道去南京，我想见她……"

入江说道。李老人却摇摇头：

"那孩子，老实说，并不在南京。"

"那，去哪儿了？"

"跟你说了，你打算怎么做？"

"天涯海角我都追。"

"是日本人不能去的地方呢。"

老人说着，仰头看天花板。

半年后，入江回国时途经上海，在军司令部偶然遇到了出公差的长谷川上等兵。

问了他有关玉岭的事，长谷川上等兵说道：

"后来游击队很少活动了，最近闲得发慌呢。"

二十五年后回想起来，真像是一场梦。可当时是鲜活的现实，所以无论如何都无法相信自己是在梦里。

"走吧！"

入江催促着，但这次换周扶景不动了。

"还有时间，再待一会儿。聊聊吧！"

对寡言的周扶景而言，真是难得的惢惥。

"聊什么？"

"以前，曾有个男人坠死在这里？"

"我知道，正好二十五年前，我还在这儿的时候。"

"那男人的死，和很早以前在第三峰发生的事很类似。"

"那我也知道。为了争夺朱家的美少女，两个青年在第三峰竞雕佛像。"

"是的，贵国好像也有类似的故事。和雕佛像不同，是以水鸟为目标，进行射箭比赛。结果，一人射到头，一人命中尾巴，难分轩轾。姑娘不知如何是好，后来自杀了。情节大概是这样吧？"

"噢，很清楚嘛！"

入江吃了一惊。周扶景是交通方面的技师，日本话一句也不懂，可是竟知道出自《万叶集》或《大和物语》的菟原少女的传说。

"从我太太那里听来的。"

"尊夫人？"

"是呀！"

一面说，周扶景一面掏口袋，拿出一把刀子。

"咦，这是……"

入江真想揉揉眼睛。简直和二十五年前，映翔拿走他的那把海军刀一模一样。

"以前你送我太太的东西。"

周扶景努力不表露任何感情。

要让入江看清楚似的，他一直把刀握在手上。

"那么，你夫人……"

"是的，叫李映翔。我们夫妻目前在浙江省工作，这次只有我休假回永瓯，我太太因为工作走不开，不能一起回来，只送我到上海。在上海，我说有个想去玉岭的日本大学教授，名字叫入江。我太太说一定是当年那个入江先生。原本说要到饭店去看你，再怎么说也有二十五年没见了，但转念一想，入江先生或许已有妻儿，或许不愿意回想从前的事。于是我太太改变主意，说还是不来见你为好。她呀，总是这样自以为是，一厢情愿地认定万一入江先生还想着自己……"

"……"

"所以，我太太把刀子交给我，希望你留作纪念。但是，她要我判断，看看入江先生的反应。如果我判断能够交给你，那就物归原主。你愿意收下吗？"

周扶景保持递出刀子的姿势。横在两人之间的是那把威严的海军刀——简直就像悬吊在过去与现在之间。

入江想伸手拿，但是害怕手会颤抖，所以迟疑了。

"这是你的东西。"周扶景说道，"可是，二十五年来它都在我太太身边。她一直放在皮包里，走到哪儿带到哪儿，等于说是她的东西了，送你留念最合适不过了。我见到你以后，认为现在是可以交给你的时候了。"

"我很乐意接受，另外……"

说着，入江从西装口袋掏出白色信封。

"请将这个交给你夫人。以前你夫人送我的，二十五年来始终放在我的……我的胸前，也可以说是我的东西了。和这把刀子一样，是最好的纪念品。"

两个男人交换了军刀和信，俨然就像一次庄重的仪式。

为了内心炽烈爱着的女人，入江曾想抛弃一切，甚至忘却自己是日本人。

那是他人生浪潮卷起一次旋涡、一个向上喷涌的高潮期，甚至混杂了一些疯狂。但丰实的生命的的确确曾经卷裹在那旋涡当中。

置身于眼前进行的这个奇妙仪式，不正是为了湮灭那无法忘怀的鲜活的回忆吗？想到这里，入江竟觉得有些惋惜。

入江抚摸着交换来的军刀。

拿回来的刀子算是纪念那个时代的物品，竟有点儿像遗物。这似乎预示着，二十五年前曾热焰熊熊的入江，如今也到了扑灭微烟残火的年龄了。

周扶景取出信封里的信，读着血书后半部分的诗。

"哎呀，这诗写得可不怎样，十九岁的作品，平仄勉强过得去。她一直自夸少女时代有文学天赋，我才不信，不过看样子好像是有这么点儿。不过，这丫头就是太要强了！"

直到现在都压抑着感情的周扶景，总算稍显缓和了。脸上终于有了些表情。

尽管嘴上总是贬低妻子，但读着妻子少女时代的诗，周扶景的眼角露出了浓浓的爱意。

"（他们如此相爱）真是太好了……"

入江发自心底这么想。

周扶景把信收进信封，塞入口袋，抬眼远眺悬崖。

"有个男人从那里摔下死了，"他指着悬崖上说道，"一个姑娘要求两名男子杀人，然后，愿意许身给杀人的男子。怎么样，和日本的传说类似吧？"

"她也让你……"

入江盯着周扶景扬起的下巴，问道。

当年被关在游击队之家，横躺在睡椅上、书盖着脸的男人的下巴。入江努力回想，但记忆就像迷雾一样早已变得模糊不清。

周扶景的目光从崖上转了回来，直视入江的脸，说道：

"由于游击队的缩编和根据地的转移比预料中还快，所以那个晚上我和她见了一面。

我太太告诉我有关日本的传说时，你猜，她怎么说？她说，如果自己是那个日本女子，认为双方是不分胜负，她宁可判定射中水鸟头部的人赢。为什么？因为，击中尾巴水鸟不见得会死，但击中头部却是致命的。当然这是她自己的理论，她把相同的理论也套用在我们身上。"

"套用在我们身上？"

"击中住在崖上那男人头部的，就是我。你只是砍削了悬楼的柱子而已，这么说很抱歉，就等于你射的是水鸟的尾巴，所以她判定我赢了。"

"哎，是这么回事呀！"

此时的入江感到自己的脸颊憋得发胀。尽管不合时宜，但仍觉得有些滑稽离奇。

很想笑出来。

因为直到刚才，他的内心还在责怪映翔当年的违约。

周扶景的一番解释让入江内心的阴霾一扫而空。

周扶景接着说："如果我的子弹没打中头部，那男人坠落悬楼是真正的死因的话，映翔就会把你……唉，怎么表达才好？把你……"

"就把我夺走了也说不定。"

入江很自然地说了出来。

"对对，"周扶景一副知我莫过于君的模样，第一次露出笑容，"夺走，是呀。这个词很能表现她的作为，非常贴切。尽管她有时做事显得有些荒唐，但实际上她是个很爽快、果敢的女子。

被入江猜中了，她的失踪是因为知道谢世育的死因。

知道胜负后，她立刻随周扶景而去了。

入江突然想起，曾听长谷川上等兵说，自从事件发生以后，游击队活动就减少了许多。

"后来，你和她一起离开占领区的吧？"

"是的。"

"卧龙司令……就是你了？"

"我可从来没自称过。但是，当时那一带的人很夸张地这样称呼我。还不坏，那名字——卧龙司令"

周扶景笑了。雪白的牙齿闪闪发亮，脸颊现出宛如刀刻般的深深酒窝。

附　录

陈舜臣大事年表

1924 年

2 月 18 日出生于日本神户，自动取得日本国籍，祖籍中国福建省泉州，原籍台湾省新庄乡（现台北市）。祖父陈恭和写一手好文书，喜欢读书、篆刻以及盆景栽培等。父陈通在日本商社任职，在陈舜臣出生前一年，将全家移居神户。

1929 年　5 岁

入小学前，陪伴兄陈笃臣一起跟随祖父诵读《三字经》，后来又读《诗经》、《小学》等，喜欢翻阅《三国演义》、《水浒传》等书的插图，经常提出各种疑问。外号"爱哭鬼"。

1935 年　11 岁

六年级时喜欢作文，有时一人钻进壁柜里神驰遐想，漫无边际地编织着故事情节；有时喜欢悠闲地看漫画书，也看江户川乱步和吉川英治等作家的读物。

1936 年　12 岁

小学毕业前爆发了"六二六"事件。4 月入神户市立第一神港商业学校（中学）。同年 12 月 29 日，由于神户近海举行帝国海军舰艇检阅式，学校对台湾和朝鲜籍学生的当天活动进行严格控制。因此，航模爱好逐渐减退，开始违反校规漫游街头，并感到作为殖民地中国人的悲哀，对前途担忧。

1937 年　13 岁

7 月 7 日北京爆发了"卢沟桥事变"，了解祖国的愿望变得更强烈。秋季，父亲公司某职工被特高警察以怀疑间谍为罪名逮捕，陈家受到牵连。当时，生活在两国敌对关系中殖民地的拥有"日本国籍"的人处境十分艰难。

1939 年　15 岁

第一神港中学四年学生（旧制）。打算升学却选择了就业班，因为升学班有课外补习，不能看喜欢的电影和书籍。当时，喜欢阅读夏目漱石的《我是猫》、芥川龙之介的《河童》以及川端康成的作品。

1940 年　16 岁

开始考虑报考大学的事情。由于爱好英语以及可免考数学，决定报考大阪外国语学校（现大阪大学外语系），并开始作考试准备。

1941 年　17 岁

4 月考入大阪外国语学校印度语专业。**之所以选择该专业，是因为受到印度著名诗人泰戈尔《戈拉》作品中，知识分子超越**

民族主义达到普遍主义的影响。 在大学英语课上，接触了柯南道尔的侦探小说，开始阅读福尔摩斯探案故事。

1942 年　18 岁

大学二年级。结识从台湾来日本报考大学的终身好友何既明，了解了台湾人受歧视的现状。开始阅读鲁迅和郁达夫的文学作品。此时，新生福田定一（司马辽太郎，文学家）入学。从二年级起选修波斯语，阅读了波斯历史学家希罗多德的《历史》。

1943 年　19 岁

9 月由于战争，提前大学毕业，留在母校做西南亚语言研究所助教。继续学习波斯语，阅读了诗人海亚姆的《四行诗集》。10 月日本取消大学生和学童的暂缓征兵令。

1945 年　21 岁

8 月 15 日日本宣布无条件投降。战后由于国籍的改变，不能继续留校任教。辞去教职后准备回台湾。**此时，读了王夫之的《读通鉴论》，深感自己正处在历史转折的关头，产生了要像杜甫那样以历史再现时代的文学创作念头。**

1947 年　23 岁

2 月 28 日台湾爆发了"二二八"事件，约 3 万人惨遭杀害。目睹民众被枪杀，开始对台湾的现实感到失望，再一次感到作为中国人生存的困惑与悲哀。

1949 年　25 岁

8 月利用暑假读了大量文学作品，如《红楼梦》、《战争与和平》等。10 月 1 日从收音机听到中华人民共和国成立的消息。10 月返回日本，第一次写了一部三十多页没有标题的小说。

1950 年　26 岁

3 月 26 日与蔡锦墩结婚，新居在神户市生田区布引町。战后一度被中断的民间贸易再开，在父亲的贸易公司工作。

1953 年　29 岁

经商之余阅读推理小说，产生要写此类小说的想法。**从中国进口木材上的弹痕联想到中日战争和解放战争，萌发要将自己生存的时代以文学形式表现出来的念头，阅读大量书籍开始历史研究。**

1957 年　33 岁

1 月 2 日长女由果出生。对自己的将来感到不安。开始写小说，但小说的形式尚未确定。

1959 年　35 岁

长女因流行性感冒住院，看护时为消除困意阅读推理小说，发现像这类小说自己完全能写。在妻子的鼓励下着手小说创作，决心成为作家。

1960 年　36 岁

10 月以笔名陈左其创作小说《在风之中》，进入第 10 届文学界新人奖最终候选阶段，虽没获奖但坚定了文学创作的信心。

1961 年　37 岁

8 月以长篇推理小说《枯草之根》获得第 7 届江户川乱步奖，被评委赞誉为历届最优秀的作品之一。

1966 年　42 岁

取材于辛亥革命的历史推理小说《焚画于火》由《大众读物》杂志 5 月号至 8 月号连载。9 月由文艺春秋出版单行本，成为第 56 届直木文学奖候选作品。

1967 年　43 岁

相继在朝日、每日、东京、产经、现代等新闻杂志上登载随笔作品，还发表《再见玉岭》等 12 篇推理小说。第一部中国近代史题材的长篇小说全 3 册《鸦片战争》由讲谈社出版。从此文学创作逐渐转向历史小说。

1969 年　45 岁

1 月历史推理小说《青玉狮子香炉》获第 60 届直木文学奖。获得此奖项是日本文学界对其文学成就的认可，是步入主流文坛的标志，确立了专业作家的地位。

1970 年　46 岁

继获得江户川乱步奖、直木文学奖后，3 月《重见玉岭》和《孔雀之路》获昭和四十五年（1970）年度日本推理作家协会奖，在日本文学界一人能获取这三项殊荣的作家极为罕见。10 月自传小说《青云之轴》开始连载。

1971 年　47 岁

2 月长篇历史推理小说《北京悠悠馆》由讲谈社出版。**8 月长篇随笔《日本人与中国人》由详传社出版，成为畅销书。** 10 月《实录·鸦片战争》获第 25 届每日出版文化奖。

1972 年　48 岁

9 月 29 日中日签订共同声明，中日两国恢复外交关系。10 月 6 日第一次去中国大陆旅行。与弟陈谦臣共著《日语和汉语》由详传社出版。

1973 年　49 岁

因为中日恢复外交关系及访问中国，在报刊上发表多篇散文随笔。8、9 月经香港去西安、兰州、乌鲁木齐、吐鲁番等地旅行。10 月随笔《中国近代史札记》、游记《丝绸之路》开始连载。

1976 年　52 岁

7 月游记随笔《敦煌之旅》由平凡社出版。该书获第 3 届大佛次郎奖。

1977 年　53 岁

6 月任江户川乱步奖评选委员会委员。**7 月赴乌鲁木齐、喀什等地旅行，在返回北京时拜访茅盾。** 11 月由平凡社出版《丝绸之路旅行》。

1979 年　55 岁

3月为写《太平天国》赴中国采访旅行。4月历史随笔《西域余闻》由《朝日新闻》刊出。6月中国近代史三部曲之一的《太平天国》由《小说现代》连载。**9月作为 NHK 电视台特别节目《丝绸之路》制作成员之一赴西安等地，同行成员还有井上靖、司马辽太郎等人。在北京拜访中国作协副主席冯牧。**

1982 年　58 岁

9月至10月因 NHK 电视台《丝绸之路》节目采访赴伊朗、土耳其、意大利，后经北京返回日本。10月与弟陈谦臣共译姚雪垠所著《叛旗——小说李自成》由讲谈社出版。

1983 年　59 岁

10月《叛旗——小说李自成》获第20届翻译文化奖。11、12月《中国五千年》由平凡社出版。

1984 年　60 岁

4月与司马辽太郎、考古学者森浩一、民族学者松原正毅一起赴福建旅行，后去西安采访。5月参加第47届国际东京笔会，并与中国作协名誉主席周扬会谈。

1985 年　61 岁

2月获 NHK 第36届广播文化奖。4月分别会见中国作协代表团团长张光年、丛维熙以及画家范曾。9月《诸葛孔明》开始连载。10月应邀参加林则徐诞辰200周年纪念讨论会并赴福州访问。

1986 年　62 岁

1 月任第 94 届直木文学奖评选委员会委员。3 月开始在"NHK 市民大学"电视讲座中讲解日中交流问题。以长篇历史小说为主的《陈舜臣全集》（全 27 卷）由讲谈社出版。12 月全 13 卷通史《中国的历史——近现代篇》第 1 卷《黄龙不舞》由平凡社出版。

1987 年　63 岁

4 月为《茶事遍路》赴中国采访。5 月《中国的历史——近现代篇》第 2 卷《落日余晖》由平凡社出版。8 月赴中国北方旅行。11 月《茶事遍路》由《朝日新闻》连载。

1988 年　64 岁

1 月 NHK 电视五日讲座"中国与日本——陈舜臣谈儒教和现代"，后经整理编成《儒教三千年》一书，1992 年 3 月由朝日新闻社出版。5 月《中国的历史——近现代篇》第 3 卷《黎明曙光》由平凡社出版。

1989 年　65 岁

2 月《茶事遍路》获第 40 届读卖文学奖(随笔·游记奖)。

1990 年　66 岁

在《周刊朝日》8 月 10 日号登载与溥杰就《最后的皇帝》的对谈。10 月取得日本国籍。11 月应台湾中国时报社的邀请赴台湾访问，时隔 41 年踏上故乡台湾的土地。

1991年　67岁

3月由中央公论社出版的《诸葛孔明》（上下）成为畅销书。6—7月为《读卖新闻》策划寻找成吉思汗之墓的节目，与江上波夫赴蒙古采访。7月《中国的历史——近现代篇》第4卷《大同之梦》由平凡社出版。

1992年　68岁

3月《诸葛孔明》获第26届吉川英治文学奖。9月参加在大连由日本每日新闻社和中国光明日报社联合主办的日中文化经济研讨会，作题为"现时期友好哲学"的演说。在北京为长篇小说《耶律楚材》收集资料，并拜访中国作协的冯牧、邓友梅、陈喜儒等作家。28日出席人民大会堂举行的中日邦交正常化20周年纪念宴会。

1993年　69岁

1月27日获第63届朝日奖。4月8日获朝日奖和古稀之年的祝贺会在帝国饭店举行。5月为小说《耶律楚材》再次赴中国采访。

1994年　70岁

1月辞去从1986年一直担任的直木文学奖评选委员会委员。5月《耶律楚材》（上下）由集英社出版，成为畅销书。8月10日在为纪念宝塚歌剧团成立80周年的演讲中，突发脑溢血昏倒不省人事，住院5个月。因已预定在《朝日新闻》上连载长篇小说《成吉思汗一族》，开始用左手练习写作。

1995 年　71 岁

1 月 13 日结束了 5 个月的病榻生活。17 日发生阪神淡路大地震，一周后去冲绳疗养。作品中曾多次描述大震灾的情况，是亲身经历的继大水灾、美军轰炸神户后的第三次灾害。**3 月因文化成就获得第 51 届日本艺术院奖。11 月获第 3 届井上靖文化奖。**

1996 年　72 岁

2 月 12 日文学同仁司马辽太郎去世。3 月 10 日由于身体不适没能参加在大阪皇家饭店举行的纪念司马辽太郎的仪式，请人代读 "春泥未晒菜花边" 的追悼诗。7 月为纪念香港回归中国，由讲谈社再版珍藏版《鸦片战争》。写出 15 篇纪念司马辽太郎的随笔。10 月获大阪艺术奖。

1998 年　74 岁

1 月任司马辽太郎评选委员会委员。1—2 月去夏威夷旅行，自患脑溢血后每年冬季去温暖的地方疗养。5 月去上海、台北旅行。8 月为采访修建横跨美国大陆铁路的中国人赴美。11 月荣获三等瑞宝勋章。《曹操——魏曹一族》（上下）由中央公论社出版，成为畅销书。

1999 年　75 岁

5 月发行全 30 卷《陈舜臣中国图书馆》，之后在帝国饭店举行该书出版发行庆祝会。早稻田大学综合学术情报中心陈列《陈

舜臣中国图书馆》全卷图书，并于 5 月 31 日至 6 月 13 日举行
"陈舜臣展"。为将要连载的小说《桃源乡》赴云南采访。

2000 年　76 岁

由中央公论社出版《陈舜臣中国历史短篇集》（全 5 卷）。3
月 16 日台湾友人及日本出版编辑人员聚集在台北，举行纪念其
结婚 50 周年祝贺会。8 月为连载小说《桃源乡》追加采访赴西班
牙和葡萄牙。

2001 年　77 岁

5 月参加在美国举行的每日新闻国际会议开幕式，后去古巴
采访。10 月 5 日由集英社出版《桃源乡》。

以上是截至 2001 年陈舜臣创作的轨迹和作品。陈舜臣在 80
岁高龄之后仍有著作不断问世，如反映孙中山 1911 年辛亥革命
的小说《青山一发》（2003）、《曹操——魏曹一族》的续篇《曹
操残梦》（2005）、《龙凤之国——追寻中国王朝兴衰源流》
(2005)、《六甲随笔》（2006）、《论语抄》（2007）等新作。

（陈舜臣大事年表由曹志伟整理、提供）